PANDA IN
USA
PANDA IN USA

あにだん

inUSA

CROSS NOVELS

浅見茉莉

NOVEL:Mari Asami

みずかねりょう

ILLUST:Ryou Mizukane

CROSS NOVELS

CONTENTS

CROSS NOVELS

CONTENTS

CROSS NOVELS

ミーアンドマイパンダ

A N I D A N

Presented by Mari Asami with Ryou Mizukane

カリフォルニアの日差しが、さんさんと降り注いでいる。ルークは空を仰いで目を細めると、のそりと木陰に移動した。

「ああ〜、パンダさんいっちゃった……」

子どもの甲高《かんだか》い声に、ルークはため息をつきながら木の幹にもたれた。ぼりぼりと耳の後ろを掻《か》くと、歓声とシャッター音が聞こえて、依然として注目されているのを感じた。

あ〜、かったるい。けど、人気者の俺がいなきゃ、ここも成り立たないからな。

ここ『ビバリーキングダムズー』は、その名のとおりロサンゼルスのビバリーヒルズにあり、世界的にも指折りの高級住宅地に隣接する地区に位置する動物園のひとつである。こんな場所に広い敷地を持てるくらいだから、当然運営しているのも資金潤沢《じゅんたく》な大企業で、その上、ご近所の動物好きなハリウッドスターや、懇意《こんい》にしている企業や団体からの寄付も桁違《けたちが》いだ。結果、地球上で希少価値の高い動物が一堂に会した感のあるラインナップとなっていた。

——ということは、進化種もまた多い。

近年、絶滅危惧種《きぐしゅ》を中心として、進化種と呼ばれる個体が出現するようになっている。彼らの最大の特徴は、人型を取れて人語を解することだ。それによって彼らのニーズに明確に応《こた》えることができ、ひいては個体数減少の歯止めにもなると期待されている。

絶滅の危機に抗して出現したと考えられるのは、彼らの繁殖率が劇的に高いこともあった。単純に高いのではなく、非常にフレキシブルなのだ。

前述のとおり進化種はヒトの姿に変化できるので、人間とコミュニケーションをとるうちに、恋愛関係に発展することもある。恋の自然な形として、肉体的に結びつくことにも、なんら支障はない。その結果、人間との間に子どもを作ることも可能なのだ。それも、同性間であっても二世が誕生する。

まさに絶滅の危機に瀕《ひん》しての一発逆転ホームラン、それが進化種だった。

その実態にいち早く気づいた動物園関係者、研究者、野生動物保護団体などが、動物愛護精神の高い企業や個人の篤志家《とくしか》と水面下で結びつき、進化種保護研究機関を設立した。すべては進化種のために――を合い言葉に、世界的規模での進化種の保護と育成が、前世紀から密かに行われている。

ルークが大あくびをすると、またしてもシャッター音が展示場の柵《さく》に沿ってさざ波のように流れた。

バスケットコート大の展示場は土の地面に野草が生え、大きく枝葉を広げた樹木も植えられて、自然環境を再現している。そこに様々な遊具と、くつろぎのためのスペースも設《しつら》えられていて、通常の動物園なら破格の待遇だろう。

が、ルークは進化種のジャイアントパンダだ。それも、己をそうと知って四年が経《た》つ。動物園の客に無邪気な愛嬌《あいきょう》を振りまくのにも、そろそろ飽きが来ていた。それでもこうして展示場に出てくるのは、ひとえに自分が動物園のアイドルであると自負しているからだ。

絶滅危惧種の中で、いや、全動物の中でも、見た目がイケてて動きも可愛いのは、パンダがダントツだからな。

しかし心を持つ以上は、いつでも愛想よくとはいかない。売れっ子アイドルがときにぞんざいだったり傲慢《ごうまん》だったりするのも、そんな理由だと思う。

ルークが誕生したのは五年前、この『ビバリーキングダムズー』で、両親は中国からレンタルされたオリジン《原種》の雌雄だった。

アメリカ生まれのジャイアントパンダ誕生に沸いた周囲によって、中国ではアメリカを示す「美国」から、美美《メイメイ》と名づけられたが、物心ついて自分を進化種と理解してからは、自らをルークと名乗っている。アメリカが誇るハリウッドSF映画シリーズの主人公の名前でもあるし、美美より断然イケている。

だいたい美美って女の名前じゃないのかよ……。しかも日本に、同じ名前のメスパンダがいるっていうじゃないか。

今も「美美——」と呼びかける声を聞きながら、ルークは本格的に昼寝をしようと身を横たえた。

そのとき、人だかりの隙間《すきま》から、見覚えのある姿を視線が捉《とら》えた。

あ……また来てる。

アメリカンガイズを見慣れた目には、縦も横も不足している青年が、ひっそりとこちらを見つめていた。アジア系の外見で、小脇にスケッチブックを抱えているが、絵を描いているところを見たことはない。いつもただじっとルークを見ている。

強《し》いていえば、少しずつ距離が近くなっているだろうか。それでも他の客は身を乗り出すようにしてルークを見ているのだから、全然遠い。

……変な奴。

ルークはすぐに視線を外して横になろうとしたが、鼻先にぽつりと滴《しずく》が落ちた。たちまち樹木の枝葉を叩く音が大きくなり、客たちが声を上げる。

「スコールだ！」

「ジョシュ、カレン、こっちへいらっしゃい！」

客たちは雨を避けようと、足早にショップの軒先や、屋内展示場のほうへ向かった。突然開けた視界に、青年だけが立ち尽くしている。降りしきる雨にたちまち濡れそぼって、髪や服が輪郭に張りつき、華奢なシルエットがいっそう際立っていく。

なにやってんだよ。早く屋根があるところに行けって。

しかしどうしたことか、こんなときに限って青年は柵に近づいてきた。パンダ時の視力はいまいちなのでよくわからなかったが、近くで見ると青年はなかなか整った顔をしていた。

まあ、俺さまの足元にも及ばないけどな。ていうか、そんなことより、なんで今こっち来るんだよ？　あーあ、もうずぶ濡れじゃんか。

青年の足取りが心なしかゆらりとしていて、ルークはとっさに身構えた。しかし逃げようとは思わなかった。動物園のセキュリティは万全で、一見簡易な柵のみで仕切られているようでも、外部から展示場に踏み入った時点でアラームが鳴り響き、警備員が駆けつけるようになっている。それ以前に、監視カメラが全方向から捉《とら》えているし、覆面の警備員がそこかしこを巡回している。

そんな中で慌《あわ》てふためくなんて、プライドが許さない。ルークはただのジャイアントパンダではないのだ。

のそりと顔を上げて柵越しに対峙《たいじ》すると、青年はぎこちなく顔を歪《ゆが》めた。

……なんだ？　もしかして笑ってる？

「……えっと、**……や、やあ、元気ですか？　私の名前はカズサです。あなたに会えて嬉ちい**」

「…………」

……な、なんなんだ、その絵本みたいな言い回しは。

ルークが呆然としていると、カズサ――という名前らしい――は困ったように眉根を寄せて、肩を落とした。

「……やっぱ通じないか……」

日本語の呟きに、カズサが日本人らしいと、ルークは合点する。そういえば日本の英語教育はいろいろと難ありで、実用性に欠けると小耳に挟んだことがあった。

それにしてもひどい。言い回しもそうだが、そもそも発音がなっていない。ルークがあらゆる言語を解する進化種でなかったら、なにを言っているのかわからなかっただろう。

だいたい文法なんか気にしなくていいんだよ。伝えるっていう気持ち、それが重要なんじゃないか。ああ、そういや日本人は、コミュニケーション下手だっていうよな。真面目《まじめ》だから、形が決まらないと尻込みするとか……。

濡《ぬ》れ鼠《ねずみ》で貧相になっている姿も相まって、しょんぼりしているのが気の毒に見えて、ルークは思わず口を開いた。

「……がう……」

次の瞬間、カズサは目を上げて、真っ直ぐにルークを見つめた。視線が合ったとたんに、なにかが胸を突き抜けたような感覚に襲われ、ルークはよろめくように前肢《まえあし》をついた。さらに距離が縮まり、雨に湿った青葉の匂いに交じって、鮮烈とも甘美ともつかない香りが鼻先を掠《かす》めた——ような気がした。

え……？　えっ？　な、なに？

「すごい！　伝わった？」

しかしそれを確かめるより早く、カズサの笑顔に捕まった。なんて顔をするのだろう。ずっと笑っていればいいのに。いや、それはだめだ。万人に見せることになる。そんなもったいない。

そんなことを頭の中で思いながら、ルークは我知らずよろよろと前方に倒れ込んだ。それでも目が離せず、カズサを仰ぎ見る。

どうしちゃったんだ、俺……病気か？

雨粒が顔に当たって、毛並みが乱れるのもまったく気にならない。

「あっ、濡れちゃうね」

カズサは遅まきながら雨に気がついたのか、リュックからいそいそと折り畳み傘を取り出すと、自分ではなくルークに向けて差しかけようとした。しかしカズサの腕ではルークがいる位置まで届かないし、柵の高さがじゃまをする。

カズサは諦《あきら》めたように傘を畳んだ。

自分で差さないのかよ！

そんなルークの内心のツッコミが聞こえるはずもなく、カズサはたどたどしく口を開いた。この期に及んで、まだ英語らしきものを喋《しゃべ》っている。いっそ日本語で言ってくれればいいのに。

「ええと、あのね……**私は三か月前、日本からアメリカに来ました。ねんりは二十のための歳で――**」

それでも必死に言葉を紡ごうとするカズサに、ルークは己の言語能力を試されているような気になって、負けん気が頭をもたげ、ふんふんと耳を傾けた。ときどき雨粒や、得体の知れない香りに意識を持っていかれそうになりながら。

話をまとめると、カズサは日本で美大を卒業後、アメリカのアニメーション制作会社にデザイナーとして採用されたらしい。勤めてわずか数か月の新人が結果を出せないのはともかく、元来人づきあいが苦手なコミュ障であるのに加えて、英語が満足に喋れないことから、職場でもボッチ状態だという。

それなりに夢を抱いてアメリカにやってきたのだろうに、こんなはずじゃなかった感に見舞われ、

そんなときにふらりと訪れた『ビバリーキングダムズー』で、アイドル美美を知った。誰からも愛される人気者の美美に憧れ、しかし生来の気の弱さがそこでも発揮されて、近づくこともできずに遠くから眺めていた。

……動物園のパンダを自発的に遠くから見るって、どんだけだよ……。

話を聞くうちに呆れていたルークだったが、カズサの笑顔に出くわすと、たちまちそんな気持ちも吹き飛ばされてしまう。

「でも、こうやって近くで話ちぇたなんて……ああ、夢みたいだ……」

後半は日本語で囁かれた呟きに、親身になってしまったルークはなんとかカズサを元気づけてやりたいと、思わず唸《うな》り声を発する。

「うん、ありがとう。これからみょ会いに来ていいですか？　美美と――」

「ねえ、あのおにいちゃん、メイメイとおはなししてる。なんていってるの？　パンダご？」

近くから聞こえた幼児の声に、ルークははっとした。気づけばスコールは去って、再びカリフォルニアの太陽が顔を出していた。雨上がりの青葉が、日差しにキラキラと輝いている。

カズサはたちまち頬《ほほ》を赤らめた。自分の英語が幼児には聞き取れなかったと知ったからだろう。

……うん、まあ、しかたがない。進化種の俺ですら苦労したし。

次第に客が展示場に近づいてくるのを見て、カズサはスケッチブックを抱え直した。

「じゃ、じゃあ私、そりょそりょお別れのときです。今日はありがとう美美」

カズサはそそくさと背を向けると、擦れ違う客を大回りに躱《かわ》すようにして遠ざかっていった。

……だいじょうぶなのか、あれで。

事情を知って、逆に心配になってきた。これまではただの怪しい奴かと思っていたけれど、笑顔は飛び切りいい――いや、眩《まぶ》しいくらいだ。しかし、それがたやすく披露できる性格でもないらしい。

実力主義というか、能力がない者にシビアなアメリカではあるが、カズサの場合それ以前に、積極性やアピール力が欠如しているのではないかと思うのだ。

その原因が英語力不足……？　でも、俺になにかできるわけでもないし……。

この状態では英語どころか、日本語のコミュニケーションすら無理だ。そんなことはカズサにだってわかっているだろうに、どうして片言英語を駆使してまで、ルークに話しかけてきたのだろう。

ま、まさか……俺が進化種だって気づいてる……とか？

ふと浮かんだ疑問を、即座に打ち消した。

進化種の存在はトップシークレットだ。事情を知る一部の人間によって厳しく守られているからこそ、これまで騒ぎも起こらずに、着々と絶滅危惧種の個体数増加という効果を上げている。

世界的に見ると、アメリカの進化種保護研究機関はかなりヌルいらしい。それは個人の尊重とか、進化種にも人権をとか、いかにもアメリカ的な理由から来ているようだ。

それでも進化種という存在を守るための大前提として、実在するということはおいそれと洩らさない――はずだ。だから一般人に過ぎないカズサが、『ビバリーキングダムズー』のジャイアントパンダ美美が実は進化種である、と知るはずがない。

そこでルークは首を傾《かし》げる。そのしぐさが客の琴線《きんせん》に触れたのか、「可愛い！」という声とどよめきが上がった。そちらには一切関心を示さずに、ルークは考える。

じゃあ、なんで俺に話しかけた……？

回答が出る前に、閉園を知らせる音楽とアナウンスが流れ始めた。仕事終わりを告げるそれに、まだ客が柵の向こうに群がっているのもかまわず、ルークは踵《きびす》を返した。オンとオフの切り替えは明確に――これもまたアメリカ的ドライな感覚と言えるだろうか。


「お先にー」

動物園のバックヤードを、黒のＭＡ－１《フライトジャケット》にデニムという格好の若者が通用口へ向かう。ヘッドフォンには、黒くて丸い動物の耳がついている――ように見える。巷《ちまた》ではこの耳つきヘッドフォンが流行の兆《きざ》しを見せていた。なぜなら今をときめくＳＮＳを介したインフルエンサーであり、グラニー賞にも輝いたＤＪでもあるルークが、それを身に着けた画像をアップしたからだ。

翌日には早くもクラブで同じようなヘッドフォンをつけたしゃれ者が出没し、最近は街を闊歩する若者にも見受けられるようになった。同時に、儲《もう》け話のチャンスに目をつけた業者やハンドメイド作家が、インターネット通販を賑《にぎ》わせている。

「お疲れ、美美」

ついそう声をかけた飼育員が、振り返った若者に睨《にら》まれて、慌てて両手を上げた。

「――じゃなかった、ルーク。明日は休みだろ？　ゆっくりしてくれ」

軽く頷《うなず》いて通用口を通り過ぎたルークは、夕暮れの空を仰いで大きく伸びをした。その拍子に、腕が触れてヘッドフォンがずれたが、黒い両耳は定位置にある。それはそうだ。後追いするファンと違って、ルークのこの耳は自前だから。

「おっと、いけない」

ルークは素早くヘッドフォンを元に戻すと、さらにサングラスを装着した。動物園の裏門には運転手つきの車が待機していて、それに乗り込むと静かに走り出す。

「ご自宅でよろしいですか？」

「うん、いったん帰る」

これもアメリカ的というのか、リタイア前の進化種でも独り暮らしが許されている。ルークのように自宅を持ち、動物園へは出勤という形で通っている者も少なくない。また、すでに人として仕事を持っている進化種もいた。

進化種は人間並みに長命で、それぞれの動物の寿命ほどの年数を経ると、人型に固定される。獣型との間を行き来していたころには、人型でも名残《なごり》のようにあったケモ耳や尻尾も消滅して、人間と変わりなくなる。これをリタイアという。

　そこからは、ヒトとしての第二の人生だ。だいたい三十代の外見で始まるので、それに合わせて戸籍やID、バックグラウンドが作られ、人間社会に加わる。

　アメリカでは希望すれば、リタイア前から近い環境が得られる。ルークが独り暮らしやクラブでDJ活動をしているのも、その恩恵だ。

　もっとも条件として、監視とセキュリティはつけられているらしい。しかしそれを感じたことは一度もないので、あまり気にしていない。実際に干渉してくるのは、切実な危機に瀕したときか、進化種のほうからSOSを発した場合に限ると聞いてもいる。

　というわけで動物園を出たルークは、ひとりのセレブな若者として暮らしている。すぐそこに映画の都ハリウッドが控えていることもあって、進化種には映画やCM出演のオファーが引きも切らない。それはそうだろう。動物プロダクションに依頼するよりも、ずっと聞き分けがよくて多芸な動物を使えるのだ。多少ギャラが高くても、クオリティが上がって労力は少ない。なにしろ人間の言葉を解する進化種だから。

　それらの出演料や、『ビバリーキングダムズー』のジャイアントパンダ美美としてのキャラクターグッズの版権だとかで、少なくない収入がある。加えてSNS関係の広告収入や、DJのギャラ、DVDの売り上げで、ルークはちょっとした金持ちだ。

　こういうのをアメリカンドリームって、昔の奴は言ってたんだろうな……。

しかし、ただ与えられた環境で言われるままに過ごしていては、どうにもならない。積極的に前向きに動かなくては手に入れられないのも、またアメリカンドリームなのだ――と、そんなことを考えていると、車が静かに停止した。

「お待たせしました、到着です」

ビバリーヒルズでもひときわ小高い地区で、隣家の門前まで軽く徒歩一分かかる。まあ、隣家が飛び抜けて広大な敷地を持つ大豪邸だからなのだけれど、それはともかくルークの家もビバリーヒルズの名に恥じない構えだ。

「ありがと。じゃ、またよろしく～」

ドイツ製の高級車が走り去るのを見送って、やっぱりちょっとダサいかも、と思ったりする。自分で運転するなら断然オープンカーなのだが、さすがにリタイア前の身で運転免許まではゲットできなかった。

ルークはセキュリティシステムを解除して門を潜る。直線を駆使したスタイリッシュな外観の自宅は、間取りは6LDKで、独り暮らしには充分だ。それぞれが広いので、トレーニングルームや音楽スタジオなどに充《あ》てている。

二階の寝室でルークは服を脱ぎ、ベッドで大の字にひっくり返った。

「あー、今週もお疲れさん、俺」

動物園そのものは無休だが、動物やスタッフは交代でしっかり週休二日制だ。ルークは人気者のパンダなのでできれば週末は出勤してほしいと動物園側は希望しているが、そこはそれ、アメリカ的人権保障を盾に、月一の土日休は確保している。同園には両親パンダもいるから、ルークほどではないにしても、間をもたせるには充分だろう。

さらに世間一般のサービス業と違って残業がない職場だから、アフターファイブは余裕がある。ひとしきりベッドの上でごろごろしてから、全裸ですっくと立ち上がった。そう、アフターファイブを楽しまなくては。

軽くシャワーを浴びて着替え、家を出たルークは、大通りまで歩いてタクシーを拾った。行き先は、DJを務めるクラブ『クールカーボン』だ。今夜はスケジュールが入っていないから、単純に楽しめる。

「ルーク！」

「やった！　今夜はステージがないって聞いたから、会えないと思ってたのにラッキー！」

フロアに足を踏み入れるなり、争うように声がかかる。差し出された手に拳《こぶし》を合わせて、奥へ進む。

馴染《なじ》みの顔をカウンターに見つけて、ルークは歩み寄った。

「やあ、ルーク。この前のアダムとのセッション、よかったよ」

「アダムが呑まれかけて、気の毒だったけどな」

ルークは褒《ほ》められて気をよくしながらも、クールな笑みを浮かべるにとどめる。

「そう言うなよ。アダムだっていいカンジだったじゃないか」

褒めてくれ！　もっと褒めてくれ！　最高だろ、俺のＤＪ！

ふと見回せば、今ルークがつけているのと同じように、ケモ耳がついたヘッドフォンを装着している客が目についた。ルークが出入りしているクラブなので、ことさら愛用者が多いのだろうけれど、インフルエンサーの面目躍如《めんもくやくじょ》とまんざらでもない。

「見ろよ。あっちの女、ウサギちゃんだぜ」

「耳が大きすぎて、頭までユラユラしてんだろ。限度ってもんを知らないな」

好評なのも喜ばしいけれど、なにより耳を隠すための帽子から解放されたのが、ルーク的にはいちばんのメリットだ。季節的にキャップが苦しいときもあるが、ヘッドフォンならいつでもＯＫだ。けど、いつまでも同じってわけにもいかないよな、インフルエンサーとしては。なにか他にいいアイデアは――。

仲間と楽しく喋りながら、ヒントを探してさりげなく目を配っていたルークは、ひとりの男に視線を止めた。

「……え？　あれ……？」

ちょうどフロアのほぼ対角の位置に大きなテーブルがあって、数組のグループがそれぞれ談笑している。その中に、カズサの姿を見つけたのだ。

ヒスパニック系の男ふたりと喋っているようだが、あのカズサに満足な英会話が操れているとは思えない。

ていうか、それ以前に、すげえ違和感なんだけど。

カズサはクラブで楽しめるタイプには見えない。美術館巡りでもしているほうが、ずっとはまっている。

実際、ヒスパニックたちが喋っているだけで、カズサはグラスを手にぼーっとしているだけなのだ。

……ん？　ぼーっと、って……もしかして酔っぱらってるのか？　そんなに飲んだのか？　全然飲めそうに見えないのに。

「ルーク？　どうした？」

「え？　いや、ちょっと……」

曖昧《あいまい》に応える間にも、カズサの様子はひどくなって、頭がぐらぐらし始めていた。もはやつぶれるのも時間の問題というか、すでに意識は飛んでしまっているのではないかというか。

そこにヒスパニックの男がショットグラスを差し出し、カズサが持っていたグラスと交換する。しきりに急き立てているようで、カズサはショットグラスを口にした。

ちょっ、おまえ、それは……もしかしなくてもテキーラじゃないのか⁉

飲み干すまでいかずに激しくむせたカズサは、しかしそのままテーブルに突っ伏してしまった。

ルークは思わず腰を浮かしかけたが、機関職員の言葉が脳裏を過って動きを止めた。

『自由はただ進化種としての役目を果たすことと引き換えに自由じゃない。私たちはきみに、自由と一緒に信頼を預けているんだ。己の身を守ることはもちろん、不要な騒ぎや諍《いさか》いに巻き込まれるような関わりは、充分注意してほしい』

そこから秘密が洩《も》れる可能性も否定できない。だから、なにも知らない人間とは一定の距離を保つように言われ、ルーク自身もそうあるべきだと思っていた。だいたいなにより大切なのは、自分の生活だろうと。

動きこそ止めていたものの視線は外せずにいると、男たちが酔いつぶれたカズサの服のポケットやボディバッグを探っていた。バッグを摑んで歩き出すのを見て、ルークはたまらず席を立った。

「おい！　なにしてんだよ！」

人を掻き分けて近づくが、ルークと知った客に引き止められ、時間を取られている間に男たちは消えてしまった。

ルークが辿《たど》り着《つ》いたときには、カズサはテーブルから半分落ちかかっている状態だった。

「おい、しっかりしろ。起きろよ」

腕を摑んで引っ張り上げようとするが、その腕の細さと身体の軽さに、一瞬たじろいで手を放してしまう。床に尻をついたカズサは、「痛《い》て」と唸《うな》った。幸か不幸か意識が浮上したようだ。

「だいじょうぶか、あんた」

顔を覗《のぞ》き込むと、ぼんやりとした目が瞬きを繰り返す。

「……あ？　あー、パンダだ。パンダがヘッドフォンしてる」

なに⁉　なんでわかった⁉

「ちょっ、おまえ！　声がでかい！　こっち来い！」

カズサを小脇に抱えて、引きずるようにしてフロアを後にする。その間も酔っぱらいは、「パンダってかーわーいーいー」とかなんとかろれつの回らない日本語で喋っていた。

に、日本語でよかった！　英語が喋れなくてもいいことってあるんだな。

クラブの外に出て、ビルとビルの間の路地にカズサを引きずり込み、壁に背中を預けて立たせる。

とろんとした目でルークを見たカズサは、ゆっくり手を上げて耳に触れた。

「わ、柔らかーい。パンダの耳」

指の感触にぞくりとしながらも、ルークは頭を振って、ついでにカズサの肩を摑んで揺さぶった。

「……あんた、なにを知ってる？　なんで俺がパンダだって——」

「だってえ、黒くて丸くてパンダの耳じゃん。今日見たばかりだから間違いないって」

……これは……酔っぱらいのたわ言なのか……？

考えてみれば、今のルークを見て正体がわかるはずもない。伊達《だて》に二年も人間のふりをして生活してきたわけではないのだ。

「……いいから、酔いを醒《さ》ませよ。家はどこだ？　送ってくから」

「あっちー」

カズサが斜め上を指さす。

「はいはい、あっちね。歩いて行ける距離なのか？　なあ、ここまでどうやって来た？」

ルークはカズサに肩を貸して歩きだした。曲がり角のたびに方向を尋ね、答えに従って進んでみたが、ついには同じ場所に戻ってしまった。

「この酔っ払い！　自分の家もわかんなくなるほど飲むな！」

「うあ……？　あー、ここ。ここの三階があ、俺の家でえす」

カズサがよろよろと進んだのは、寂れた感じのアパートだった。実際、クラブ『クールカーボン』は目と鼻の先だ。最初に指さした方向も合っていたのだろう。あまりに近くて、そうとは思わず通り過ぎてしまっていたのだ。

薄暗い階段を上って、突き当りのドアの前で、カズサは喉元《のどもと》に手をやった。ポロシャツの襟元から、チェーンに通された鍵《かぎ》が出てくる。

「あ……鍵あったのか、よかった」

バッグを持っていかれたから、所持品は全滅かと思っていた。

「ただいまー。どうぞー」

後半はルークに向けられた言葉らしい。

「いや、俺は——」

と言いかけたが、ここはすっきり目を覚まさせて、忠告したほうがいいと思い直し、カズサの後に続く。

部屋は予想どおりの狭さで、リビング兼ベッドルーム兼ダイニングという雰囲気だった。

「なにしますかー？　緑茶かコーラか――」

冷蔵庫を開けて覗くカズサの背後から、ルークは迷いなくミネラルウォーターのペットボトルを掴み取り、カズサを椅子《いす》に座らせて、その鼻先にキャップを取ったボトルを突きつけた。

「まずは飲め」

ひくっ、としゃっくりで応えたカズサは、おとなしくペットボトルを口にする。喉が渇いていたのか、一気に飲み干す勢いだ。しかしその勢いが次第に衰え、ボトルを空にしたまま仰向けの体勢をキープする。

「……は？　寝た⁉　おいっ、あんた！　カズサ！」

ルークはペットボトルを取り上げてカズサを抱え、しばらく思案した。とにかく自宅まで連れ帰ったのだから、充分だろう。自分もこのまま帰ってしまおうか。

いや、でもこのアパート、オートロックじゃないし、鍵をかけないままじゃ不用心すぎる。物盗《ものと》りで済めばいいけど、タイミング悪く目が覚めて命まで――なんてことになったら、こっちの寝覚めも悪すぎるだろ。それに、少し説教してやらないと。

ルークはカズサの身体を抱き上げ、その軽さに驚きながら、ベッドに移動させた。他に寝る場所もないので自分もその隣に横たわり、ぎゅうぎゅうに密着して目を閉じた。

それにしても不思議だ。人間の男に添い寝するなんて初めてだが、全然嫌な感じがしない。基本パンダは単独生活なので、身近に他の生き物がいること自体、無意識に警戒心が出るはずなのだ。

落ち着かないことは落ち着かないけど……悪い意味じゃないっていうか……。

なによりカズサ自身とベッドから甘い匂いが漂ってきて、くらくらする。半ばそれに意識を奪われるように、ルークは眠りに落ちた。

「……わっ⁉」

耳元で声がして、ルークは目を開いた。まだ夜明け前で、室内は薄闇に包まれている。至近距離でカズサが目を瞠《みは》っていた。

「おはよう」

ルークが声をかけると、カズサは跳ねるように起き上がって、ルークの身体を飛び越えて床に転がり落ちる。

おっと、いけない、耳。

装着したままだったヘッドフォンの位置を直して、ルークはベッドの上で身を起こす。まだカズサは固まったまま呆然と見上げている。落下のダメージはないようだ。小刻みに瞳が揺れていて、それが次第に落ち着いていき、深いため息とともに顔を手で覆った。

「思い出したみたいだな」

ルークの言葉に、カズサはますます身を丸めた。

「……なにやってんだ、俺……」

「ま、無事でよかったよ」

カズサはハッとして姿勢を正す。正座して、恐る恐るの体《てい》で口を開いた。

「……あの……いろいろとご迷惑を――あ、日本語だった。えと、あの……」

「いいよ、日本語で。そのほうが話が早い。ていうか、さっきから日本語だから」

ルークがそう言うと、カズサは尊敬のまなざしを向けてきた。

「日本語喋れるんだ……どう見ても日本人じゃないけど……」

「ルーツは中国だけど、アメリカ生まれアメリカ育ちだよ」

「そうなんだ。それなのに金髪碧眼《へきがん》って、ずいぶんいろんな血が混ざって――あ、失礼」

ジャイアントパンダの進化種は、人型だと東洋系の容姿になることが多いが、生まれた地域の影響が出ることもあるらしい。せっかく絶滅危惧種の救世主となるべく生まれたのに、人間社会で悪目立ちして危険な目に遭うことがないように、という采配《さいはい》ではないかと考えられている。種によっては、土地の人間しかいないような場所で生息する絶滅危惧種もいるからだろう。

ちなみに人種のるつぼと言われるアメリカで生活するルークは、混じり気のない金髪にマリンブルーの瞳という見た目だ。顔の造作も完全に西洋人で、背も高い。

「自己紹介がまだだったな。ルークだ」

名乗ると、カズサはハッとしたように背筋を伸ばす。

「あっ、あの、及川一彩《おいかわかずさ》です！　二十四歳。東京生まれで、こっちには仕事で――」

「カズサって、どういう漢字？」

カズサは慌てて辺りを見回し、ペンと紙の類《たぐ》いがないと見ると、シーツに指で文字を書いた。

一彩、か。なるほど、それでスケッチブック持ってたのかな。

「で、どうしてこうなったかも憶《おぼ》えてるよな？」

ルークが一彩の腕を摑んで引き上げながら訊《き》くと、一彩はベッドに座ってしゅんと肩を窄《すぼ》めた。

「……クラブで声をかけられて、俺みたいな片言英語の相手をしてくれたから嬉しくて……つい、勧められるまま飲んじゃって……」

「クラブなんか行くタイプには見えないけどな」

「うん、初めて……英語下手だし、ずっと落ち込んでたんだけど、昼間、ちょっといいことがあって、もう少し積極的に頑張ってみようかなって……」

「前向きになったのはいいけど、それでいきなりひとりでクラブは無謀だろ。しかも初対面の奴とがぶがぶ飲んで酔っ払って……カモられたんだよ、あんた」

「えっ……」

予想外の言葉を突きつけられたとばかりに、一彩は目を瞠った。ひと眠りして酔いが醒めたらしい一彩からは、アルコールの匂いがほとんど消えて、なんともいえない芳香だけがかすかに漂っていたが、それがふっと強く香った。

香水なんか使うようなしゃれっ気はなさそうなのに……意外だな。

「バッグ、持ってかれたぞ」

「えっ？　あっ……ない！」

一彩は慌てて辺りを見回しながら、自分の身体を触りまくっている。

「自業自得だ。物で済んでよかったと思え――って言いたいとこだけど、だいじょうぶか？　貴重品は？」

一彩は尻ポケットから出したスマートフォンを、部屋に入るときに使った鍵と一緒にベッドに並べた。

「カード類はスマホケースの中だから、財布くらいかな……でも、百ドルも入ってない。よかった――あっ……」

「どうした？」

ルークの問いに、一彩は一瞬すがるような目をしたが、すぐにかぶりを振った。

「……ううん、しょうがないよ……」

他にもなにか入っていたようだが、本人が言うとおり、たしかに盗られてしまったものはしかたがない。

「ま、これに懲りて、今後は用心することだな。ここにはいいことや楽しいこともたくさんあるけど、同じくらい危険もある。だいたい仕事で来たなら、英会話が苦手だなんて言ってる場合じゃ――」

「ああっ、ルーク！」

突然、一彩が声を上げてルークを指さした。

「なっ、なんだよ！　びっくりするだろ！　それに人を指さしちゃいけないって、日本人のマナーじゃないのか？」

咎《とが》めるルークの声も耳に入っていないのか、一彩はスマートフォンを操作して、画面を向けた。

「これ！　きみだろ？」

ディスプレイには、ルークのSNSが映し出されている。ちょうど耳つきヘッドフォンの画像のところだ。

「……そ、そうだけど」

「やっぱり！　なんだか見たことがあると思ったんだ。最近こういうヘッドフォンしてる人見かけるけど、まさか本人だなんて」

え……？　え⁉　今まで俺に気づかなかったのか⁉　酔いが醒めても？

ルークといえば、アメリカ国内に収まらず、世界的に注目されているSNSインフルエンサーであり、グラニー賞を取ったDJパフォーマンスでも人気なのに。

「パンダで検索かけてたら、これが引っかかったんだよね。そうかあ、写真のまんまだね」

「……そうか。英語がわからないなら、俺を知らないってこともあるよな」

SNSは英語で入力しているからと、無理やり納得しようとするルークに、一彩は答えた。

「喋るのは下手だけど、読み書きはできるよ。よくも悪くも日本の英語教育のたまもので」

「それならなんで天下のルークを知らないんだ！　街を歩けば、俺の話題がそこかしこで聞こえるってのに！　よし、わかった。あんたには早急に英会話力が必要だ」

　お返しとばかりにルークが指を突きつけると、一彩はつらそうなため息を洩らした。

「言われなくても重要課題なのはわかってるよ……こっちに来て、真っ先に英会話スクールにも行ってみたんだ。でも、グループレッスンでも一対一でも、なんか……緊張しちゃって……日本語すら出てこない」

「そのわりにはさっきからけっこう喋ってるけどな」

　そう返すと、一彩ははっとして口元に手をやった。

「ほんとだ……なんでだろ？　初対面なのに……きっとルークが話し上手なんだね」

　そんなふうに言われると悪い気はしなくて、ちょっと得意げにアドバイスする。

「喋るなんて、人間の基本的な行動じゃないか。呼吸するのと同じだよ。なにも構える必要なんかない。ポジティブに行こうぜ」

　しかしすぐに一彩は唸って頭を抱えた。

「でも、俺はだめなんだ……自意識過剰とか言われるけど、怖いんだって。対面すると、人としてのスキルを測られてるような気がして……返事してくれてても、内心大したことないとか、英語めちゃくちゃ下手とか思われてるんだろうなって」

「自意識過剰というより、被害妄想じゃないか」

　ルークが指摘すると、一彩はしょんぼりと項垂《うなだ》れた。

「英語も日本語もペラペラのルークにはわかんないよ。羨《うらや》ましい……でも、人と関わりたくないと思ってるわけじゃないし、このままでいいとも思ってないんだ……。ねえ、ルークは他に何語がいけるの？」

「とりあえずなんでも」

「ええーっ、世の中不公平だー。そんなに語学的センスに恵まれてるなんて……」

多分に妬《ねた》みが入っているのだろうが、ルークの都合のいい耳は羨望《せんぼう》要素だけを聞き取って、機嫌をよくする。

「じゃあ、俺が教えてやろうか？」

「ほんとに？」

両手を握り締めてテーブルに身を乗り出してきた一彩のすがるような目に、ルークはどきりとする。黒目がちで、酔いの名残かつやつやと潤み、小動物のように可愛い。

「ああ、任せろ」

親指を立てて突き出すと、

「ありがとう！　今度こそやれそうな気がする！」

一彩に手を握られ、またいい匂いを嗅《か》いだような気がした。

数日後、DJのスケジュールが入っていたルークは、それが終わってから一彩のアパートで英会話レッスンの約束をしていた。

「ちーっす！」

いつものように耳つきヘッドフォンを装着してフロアに入ったルークに、スタッフが呼びかける。

「おっ、なんだルーク？　今日はやけにご機嫌じゃないか」

くるっと回ってポーズを決めた。

「そう？　俺はいつだってハイだぜ」

しかし今日は、動物園でも飼育員にそう言われたのだ。

『美美、今日はお客さんにサービスがいいわねー。みんな大喜びだったわ』

ルークを進化種と知らない新米飼育アシスタントは、自分のことのように嬉しそうに、孟宗竹《もうそうちく》を多めに寄こした。

まったくみんなして、なんだってんだ？　俺はいつもどおり、陽気でイケてるアイドルじゃないか。その自覚があればこそ、つねにファンのニーズに応えてだな――。

いや、最近その人気に胡坐《あぐら》をかいていたことは認めよう。ひたすら持ち上げられ、褒め称《たた》えられるのがウザいと感じることもあった。ときに態度がぞんざいになったことも。

でも、それもまたスターの必須条件だと思うのだ。身近な存在として親しみを感じさせつつも、やはり一線を画したところが必要というか、高嶺《たかね》の花的なポジションというか。

そんなことを考えながらパフォーマンスをこなして、いつものように大絶賛を浴びたルークは、声援に愛想よく応えるべきか、クールな態度を示すべきか迷いながらフロアを見回して片手を上げた。と——。

ん……？　一彩じゃないか？　なにしてんだ、こんなとこで。

酒は嫌いじゃないけれど弱いし、クラブの喧騒は苦手かもと言っていたから、また足を運ぶことはないと思っていた。

もしかして、俺に会うのが待ちきれなかったとか。可愛いじゃないか。

そう、一彩は可愛い。サラサラの黒髪と、おとなの男にしては透明感のある肌と、すらりとした植物のような身体つき。目鼻立ちはちんまりと整っていて、押しつけがましいところがないのがいい。加えていい匂いがする。

……けど、本人の匂いなのか？　人間って、そんなに匂うもんか？

そんなことを考えていたルークは、スタッフと話す一彩を目にして、歩きだした。なんだか一彩の様子が必死に見えたし、自分以外と話しているのが面白くない。

だいたい俺が目に入らないのかよ？　訊くまでもないだろうが。この溢《あふ》れんばかりのオーラに気がつかないってのか？

「一彩！」

ルークが呼びかけたのと、一彩ががくりと肩を落としたのは同時だった。振り向いた一彩が、ルークに弱々しい笑顔を見せる。

「あ、ルーク。ＤＪお疲れさま」

ルークが睨みつけると、スタッフは肩を竦めて背を向けた。

「ちょっかいかけられたのか？　後で文句言っとく」

「そんなんじゃないよ。俺がちょっと訊きたいことがあって」

その返事にルークはほっとしながらも、一彩の様子が気になる。

「でも、困った顔してただろ。なにか言われたのか？」

「うん、やっぱりそれだけじゃ誰だかわからないって」

「あ？」

話の噛み合わない様子に、ルークは眉を寄せる。

「なんの話？」

「ああ、実は……この前盗られたバッグの中に、日本を発《た》つときに餞別《せんべつ》に貰《もら》ったガラスペンが入ってたんだ。他はともかく、それだけは取り戻したいなって……でも、無理っぽい。こんなにたくさんのお客さんが出入りしてるんだもんね。俺の英語じゃ、人相もうまく説明できないし」

「ガラスペン？」

そう言われても、どういうものなのか頭に浮かばなかった。なんとなくイメージはあるが、実物を見たことはないと思う。そもそもルークは、スマートフォンがあれば書くには事欠かない。わざわざペンやインクを使うなんて、そんな前時代的な。

「それがないと、仕事に支障があるのか？」

「いや、実際に使ったことはなくて、ただ持ち歩いてただけなんだけど。お守り……みたいなもんかな」

「……ふうん」

それもまたルークにはよくわからない感覚だ。お守りと言ったら、神社とかで貰うやつではないのか。ガラスペンが家内安全や商売繁盛を見守ってくれるわけではないだろう。

もしかして、それをくれた相手が重要なのだろうかと、ルークはふと閃《ひらめ》く。考えてみれば一彩もいいおとなのわけで、恋人のひとりやふたりいてもおかしくない。彼女を東京《とうきょう》に残して遠距離恋愛中という可能性もある。

自分で思いついていながら、ルークはなんだか面白くなくなってきた。

「違ーう！　Lの発音がなってない！」

そのせいか一彩のアパートで英会話レッスンを始めても、けっこうなスパルタになってしまった。一彩も焦《あせ》りまくって、途中涙目になっていた。

「それじゃRだよ。熊手《くまで》になっちゃうだろ。み・ず・う・み！　Lake!」

「ど、どう違うのかわかんない……ていうか、熊手はあまり日常会話で出てこないんだから、湖だってわかるんじゃ……」

「それは日本人の感覚だから。よけいなこと考えないで、はい、Repeat after me! Lake!」

「……れ、れいく……」

「それ完全に日本語！」

こんなつもりじゃなかったんだよ……もっと優しく励ましながら教える予定でいたのに……。

しかし戸惑いながらもひたむきな一彩の様子は、ルークの琴線をいたく刺激して、もうローマ字発音だろうとどうでもいいじゃないかという気もしてくる。むしろそのたどたどしさがキュートというか。

……いやいや、それじゃ一彩のためにならないし！


英会話レッスンを三回ほどこなした後のある日、一彩がまた動物園に姿を見せた。

おおっ？　まさかここでまた会えるとは。あれから来てなかったよな？

展示場に設置された滑り台の上から、こちらに近づいてくる一彩を見ていたルークは、タイミングを見計らって滑り降りた。着地点でひっくり返るしぐさまで完璧だ。その証拠に、いつ滑るかと期待して注目していた客から、歓声が上がった。

一彩は以前のように遠くから見ることもなく、柵のいちばん端のポジションを占めた。ルークはさりげなくそちらへ向かい、いかにもこれから昼寝しますよという体勢で、一彩と向き合う。

「久しぶり、美美。相変わりゃず人気もにょだね」

そんなわかりきったことを言うなよ、一彩。ああでも、実は久しぶりじゃないんだぜ。一昨日もあんたの部屋で会っただろ。

一彩の英語に上達の兆しはいまひとつだが、それはまだレッスンが続くということでもあり、定期的に会えるのが嬉しい。

それ以外にこうやって顔が見られるのは、サプライズプレゼントのようで心が浮き立つ。仰向けに寝そべったまま見上げると、いつもとは違う角度で新鮮だ。

一緒の時間を過ごすにつれて、ルークは一彩を好ましく思うようになっていた。

最初に動物園で話しかけられたときは、変な奴だとしか思わなかった。その夜、クラブで再会したときも、うかつな行動に呆れていたが、日中に一方的とはいえ話をした間柄でもあり、被害を受けるシーンを目の当たりにしたことで、つい関わりを持ってしまった。

自宅まで送り届けて、英会話を教えることにまでなったのは、なりゆきだ。特に親切心からとか、下心があってのことではない。

いや、一彩が危なっかしくて、目が離せないというのはあったかもしれない。が、特に親しいわけでもない相手の面倒を見なくてはならないいわれもない。この地で大なり小なり困っている外国人なんて、掃いて捨てるほどいるわけで、それにいちいち関わっていたらきりがない。

しかも一彩は、最初ルークをそうと知らなかったのだ。美美＝ルークと気づかないのは当然というか、知られてはまずくても、今どきの有名人を知らないとはなんたることか。

まあ、一彩は見るからに流行とかに縁遠そうだけれど、もはやルークの存在は常識だろうと思うわけで。

しかし考えようによっては、そんな相手と時間を持つのも、新鮮かもしれないと思い直した。生まれたときから、周囲は稀少なアイドル《ジャイアントパンダ》としてルークに接してきたし、自分の意思で独り暮らしやＤＪ活動、ＳＮＳを発信するようになっても、ファンに囲まれる生活だった。

けれど一彩は、危ないところを救ってくれた恩人、英会話を教えてくれる人、というところからルークに対する認識が始まっている。今は有名人だとわかっているけれど、一彩自身が音楽やＳＮＳの世界にあまり関心がないのか、実感もないように見える。

ルークをただそのままルークとして接しているようで、ファン連中と比べたら素っ気ないほどの一彩の態度が、不思議とリラックスできて面白い。狭くて古いアパートの一室も、こんなところにルークがいるとは誰も思わないだろうと考えると楽しい。

まあルークは基本的に、自他ともに認めるアイドル気質《かたぎ》なので、一般人扱いが過ぎても物足りないの虫が騒ぎだす。そういうときは英会話レッスンをしながら、さりげなくスマートフォンを操作して、華々しい活躍を捉えた画像などを映すようにしている。

一彩がそれに気づいて尋ねようものなら、待ってましたとばかりにマシンガントークをかますわけだ。その後、一彩が憧れの眼差しを向けてきたら、してやったりと悦に入る。しかし今のところ、勝率は三割程度だろうか。メジャーリーグ打者の打率に劣るなんて、と唇を噛むことも度々だ。

いったい一彩にとって自分はどんなふうに見えているのだろうかというのが、最近のルークの関心事である。恩人、いい人、面白い、すごい、カッコいい、なんて言葉は実際に聞くし、自宅に招く以上、信用されてもいるのだろうから、好かれていると考えて間違いはないとは思うのだが——。

もうひと声！　なんか欲しいんだよ！

パンダ姿で再会したルークがもどかしく思っていると、周囲を気にしてか一彩が囁いた。

「あのね、とみだちができたんだ」

なに？　……ああ、友だち、ね。相変わらずLとRがとっ散らかってるな——えっ、友だち？

ピクリと耳が動く。

「美美と話して、しゅこしだけユーキが出たんだ。そしたら——まあ、いろいろあって、知り合ってさ。その人がエーゴも教えてくれてりゅんだよ。ちょっとは上手ににゃっただろ？」

ルークはたまらず身を起こした。一彩の前に座り込み、もっと聞かせてほしくて、どうしたらいいのか迷った末に手招きをする。

「マム、メイメイがおててふってるー」

「まあ、ほんとだわ。なにか欲しいのかしら？」

うるさい！　今はおまえらの相手をしてる場合じゃないんだ。あっち行ってろ！　一彩、俺の英会話教師ぶりはどうだ？　いや、俺をどう思ってる？

その他の客には威嚇めいた唸りを上げ、しかし自分にはなにかを猛アピールしているように見える美美に、一彩は困惑したように辺りを見回す。

「ええと……なんだろ？　もしかして、描いていいってことかな？」

日本語で呟き、小脇に抱えていたスケッチブックを開いた一彩は、鉛筆をさらさらと紙に滑らせた。

おおっ？　そうか、スケッチか。そうだな、俺はまたとないモデルだからな。なにも考えないでバシャバシャ写されるより、じっくり描写されるのがふさわしい。

ルークがさりげなく角度を変えてポーズを取る前で、一彩の手元を覗き込んだ客たちが歓声を上げ、関心の目を向ける。

「わあ、パンダさんだ！　じょうずー」

「おっ、いいな。よく描けてる。お兄さん、プロかい？」

そうか、モデルがいいからな。まあ本人も美大出身らしいから、それなりの腕はあるんだと思うよ。

どんな自分が描かれているのか気になって、ルークはさらに柵に近づいて、スケッチブックを覗こうとしたのだが、それに気づいているのかいないのか一彩はスケッチブックを閉じて、身じまいを正した。

「**とりゅあえず報告のちゅもりで来たんだけど、スケッチまでできて嬉しかっちゃよ。ありがと、**

美美。じゃあ、また」

周囲の客を掻き分けるようにして、一彩の後ろ姿が遠くなっていく。

じゃあまた、じゃないだろ！　話も聞けず、絵も見られずかよ！

ルークは腹立たしくなって、その辺に散らばっていた食べ残しの笹《ささ》を、八つ当たりして客に投げつけた。

「わーっ、美美の笹、ゲット！」

「おっ、今写メってやるから、ＳＮＳにアップしようぜ」


数日後の英会話レッスンの約束の日、動物園での勤務を終えたルークは、いつものように自宅へ戻ってシャワーを浴び着替えてから、タクシーで一彩のアパートに向かった。

到着したところで、車の中から一彩に電話をする。

「今、下にいるんだけど、出てこないか？　ちょっと出かけよう」

『えっ、今から？　俺、部屋着だし……実は持ち合わせもあまりなくて――』

「なにもいらない。待ってるから」

それだけ言って通話を切る。一彩の反応はいまいちだったが、果たして数分後、エントランスにほっそりとした影が浮かんだ。ルークは思わずタクシーから降り立って、手を振る。

「一彩、こっち」

「えっ、車なの？　どこへ――」

「俺の家に招待する。乗って」

戸惑う一彩をリアシートに押し込み、出口を塞ぐように隣に座った。タクシーが走り出すと、一彩は困惑の目を向けてくる。

「招待なら前もって言ってくれればいいのに。そしたらお土産くらい用意できたのに。こんなのしかないよ」

そう言って示したのは、ベーカリーの紙袋だった。

「会社の近くのパン屋で、美味しいって評判のエッグタルトがあるんだ。お茶請けにふたつだけ買っておいたやつ」

「それで充分。ていうか、ほんとになにもいらないから」

一彩はぎこちなく頷いて口を閉じたが、しばらくしてまたルークを見た。

「なんで急に？」

「なんで、って……」

今のルークは一彩のことがもっと知りたい。英会話レッスンにかこつけて、いろいろと質問を投げかけるけれど、それだけでは足りない。かといってストレートに尋ねても、一彩を不審がらせるのではないかと躊躇《ためら》っている。

会う時間が積み重なっていくにしたがって、互いのことを知っていくものだとわかってはいるのだが、そんなに待っていられない。まだるっこしい。

一方、一彩のことを知りたいばかりでなく、自分のことを知ってほしいとも思う。思えばこれまでは、ファンという名のもとに、ルークの情報を収集していく者ばかりだった。ＳＮＳのコメントや画像を丸暗記しているのではないかと思うくらいに、熱心なタイプもいる。

しかし一彩は基本的にＳＮＳを見る習慣がないらしく、それはルークのものでも同様だった。いくら発信しても相手に届かない――そんな状況は初めてで、正直戸惑っている。その事実に焦りを覚えている自分にも不思議だ。

とにかく、ＳＮＳがだめなら現実で知ってもらおうと、まずは自宅に招くことにしたのだ。

タクシーが停まると、一彩は驚いたように窓の外を見回した。

「え……？　ええっ⁉　ここ？　ここなの？」

一彩を促してタクシーを降り、自宅の門を示す。リモコン操作で、鉄製の門扉が音もなくスライドしていく。

「……ここって……もしかしなくてもビバリーヒルズだよね……？　ハリウッドスターとか大企業のトップとかが住んでる……」

「ああ、お隣はマッキンレー財団の会長宅だって聞いたな」

「そんなさらっと言わないでほしい。俺ですら知ってるような大企業だよ。ねえ、ほんとにルークの家なの？」

「その気になって金を稼げば、手に入るもんだよ。どうぞ――」

「うわ、プールがある！」

「横にジェットバスもあるよ。入る？」

一彩はがくがくと首を振って、ルークにしがみつくように歩いた。夜風にふわりとあの香りがして、本当に一彩がここにいるのだと心が昂《たかぶ》った。

庭に面したリビングは吹き抜けの構造なので、中央のソファに一彩が座っていると、いつもよりずっと小さく見える。実際、身を縮めているようだ。

お茶の支度をする時間も惜しかったので、冷蔵庫から取り出したアイスティーをグラスに注いで、一彩に手渡す。

「い、いただきます……あ、こんなものしかないけど……」

ベーカリーの袋から取り出したエッグタルトを片手に、しばし互いに黙々と口を動かす。一彩が緊張しているのは明らかだが、ルークもまた緊張と興奮の入り混じった心持ちだった。気が急く、というか。

「独り暮らしなんだ？」

「うん、親もロスにいるけどね。自活した身だし、いつまで同居もないだろ」

意識しておとなの男を演出し、グラスを手にしたままふっと笑う。一彩から見えるこの角度が、いちばんイケているはずだ。いや、全方位パーフェクトだと思っているけれど。

「偉いなあ、ルーク。才能もあって、お金持ちで。カッコいいし……すごいよ」

言ってくれ、もっと褒めてくれ！

誉《ほ》め言葉には目がないルークだが、半ばそれが当然だと思っているし、最近はときとして食傷気味になることもある。しかし一彩に言われると、胸の奥を擽《くすぐ》られるような、なんとも心地いい高揚感に見舞われた。

「そ、そりゃあ頑張ってるからな！」

「うん、そうだね。俺も応援する。あ、俺なんかが応援しなくてもだいじょうぶだろうけど」

「そんなことない！」

ルークは思わず一彩の手を握った。驚きに目を見開いた一彩が、視線を手に落としたので、慌てて手を離す。

「かっ、一彩も頑張れ」

「あ……うん、でも俺なんか……どんなに頑張っても、ルークみたいにはなれないよ」

「それは違う。目標は人それぞれだろ。階段みたいにひとつずつ目標を作って、順番に上ってけばいい。それがどこかで止まるとしても、そのときに自分が満足できてるかどうかが重要なんじゃないか？」

一彩の黒目がちの瞳が、じっと見つめているのに気づいて、ルークは頭に手をやる。そのままキャップを引っ張りそうになって、はっと我に返った。

やばっ……なにやってんだ、俺！　いくら自分を知ってもらいたいからって、そこまではやりすぎだろ。逆効果にしかならないっての。

「若くして大成する人って、やっぱ違うね。ルーク、尊敬するよ」

「いや、尊敬とかそういうのは――」

「今日、知りあいに友だちができたって報告したんだけどさ、今さら友だちなんて恐れ多い気がしてきた」

ええーっ、それマジで逆効果！　ていうか、知りあいって、俺だろ？　ジャイアントパンダの美美だろ！

「お、俺は！　友だちとして一彩を招いたんだから！　家に人を呼んだのなんて、初めてなんだからな！　だからそんなこと言うなよ」

「ここに？　俺が初めて？」

一彩は改めてリビングを見回した。

「あー、彼女はノーカウントとか？」

「は？　そんなもん、いないし」

ルークは即答してからはっとした。イケているＤＪとして、ＳＮＳインフルエンサーとして、恋人がいないというのは減点だっただろうか。

「そ、そういうのは自宅に持ち込まない主義だから！」

「クールってやつ？　カッコいいー。でも、もしほんとなら光栄だよ」

信用してないな、こいつ……ああ、なんかすっきりしない。なんでそのまま信じないかな。いや、周りが放っておかないようないい男だってのは事実だから、そう思うのもしかたがないとしても。でも、いないって言ってるんだからさあ……。

「嘘なんかついてないし。なんならいつでも予告なしに来いよ」

「えっ、鉢合わせなんかしたら気まずいだろ」

「せいぜいハウスキーパーと出くわすくらいだって——なに？」

気づけば一彩がじっとこちらを見ていて、ルークはどぎまぎした。気を紛らわそうと口にしたグラスはすでに飲み干していて、しかたなく小さくなった氷を含んでがりがりと嚙み砕く。

「いつでも来ていいって、ほんと？」

「えっ、あ、ああ……」

たしかに勢いでそう言ったけれど、改めて考えるまでもなく、一彩の再訪は大歓迎だ。外で会うのもいいが、ここならじゃまが入らない。

「心配しなくても、いきなり押しかけたりしないって。ちゃんと連絡するよ」

一彩はおかしそうに笑った。

「べ、べつにそんなこと心配してないし！　ていうか、しつこいな。誰もいやしないって」

「うん、わかった。ごめん。嬉しくて、ちょっと調子に乗った」

「嬉しくて？」

ルークが訊き返すと、一彩はこくんと頷く。こんなしぐさがやけに可愛い。二十四にもなる男だというのに。

「友だちになれたんだな、って。こっちに来てこんなに喋ったのも笑ったのも、ルークとが初めてだよ」

それを聞いて、ルークはなんだか胸がじんとした。しかし、続いた言葉に目を瞠る。

「その次が美美かなあ」

会社でもマジでボッチなんだなとか、それで仕事が務まるのかとかも思ったけれど、次点も自分じゃないかと突っ込みたくなる。一応ルークの本体はジャイアントパンダのわけで、それも話すとか友だちだとかがポイントになっているのだから、人型のルークがいちばんに来るのは不思議ではない。実際何度も会って、その都度たっぷり会話しているのだし。

しかし微妙に敗北感を味わう。まあ、パンダの自分は正真正銘のアイドルだから、友だちなんて恐れ多いと思っているのだろうと己に言い聞かせながらも、なんとなく自分に対してライバル心のようなものを感じてしまう。

「美美ってあの、『ビバリーキングダムズー』のアイドルジャイアントパンダ？」

結果、自分でもよくわからないが、宣伝的言い回しになってしまった。

「そうそう、今日も行ってきたんだ。実はさっきの知りあいっていうのも、美美のこと。俺……人気者の美美に憧れてたから」

「それはわかる！　あいつは真のアイドルだ。あ……」

そういえば、一彩が描いた絵が見たい。急に呼び出して慌てていたのか、外出時の習い性なのか、リュックと一緒にスケッチブックがある。あの中に美美の絵があるはずだ。

「さっき、たまたま見ていたSNSに、今日動物園で美美の笹をゲットしたって画像があったけど、スケッチしてる東洋人がいたってコメントがついてた。一彩のことじゃないか？」

「ええっ、そんなことまで書いてあるの？　まさかイラストの写真も撮られてたりとか――」

有名人としてエゴサーチは欠かさないので、笹ゲットの画像がアップされていたのは確認済みだが、コメントのほうは出まかせだ。

「それはなかった。でも、ほんとに描いてたんだ？　見てみたい――」

「やだよ、恥ずかしい」

即答かよ。しかも食い気味に。

希望が叶えられないということがまずないので、ルークはむっとしてむきになった。

「そこにスケッチブックあるじゃん。見せるのに持ってきたんじゃないのか？」

「え？　いや、これは無意識の習慣で――」

ソファの隅にリュックと一緒に置かれたスケッチブックを掴もうとした一彩の肩越しに、ルークは手を伸ばした。

「ルーク、だめだって！」

うわ、いい匂い……。

鼻腔を這《は》い上がった芳香に身体から力が抜け、ルークは一彩の上に倒れ込んでしまった。項《うなじ》辺りに顔を押しつけてしまい、いっそう強く香りを感じる。艶やかな黒髪に鼻先を擽られ、一瞬一彩を抱きしめたい衝動に駆られる。

「……う……重……」

一彩の呻《うめ》き声に、ルークははっとして飛び起きる。

「やってない！　未遂だから！」

「は……？」

顔をしかめて起き上がった一彩に、ぶんぶんと首を振った。

「なんでもない！　ていうか、ごめん……」

「俺のほうこそ。だめなんだよな、自信がなくてさ。見せるのが嫌なんて、じゃあなんでそんな仕事選んだんだって話だよな」

一彩は苦笑してスケッチブックを手にすると、開いてルークに差し出した。

「はい。よかったら見て」

「あ、うん……んっ？」

ルークの予想と違い、そこに描かれていたのは、デフォルメされたアニメキャラクターっぽいパンダだった。いや、アニメーション制作会社に勤めていると言っていたから、それでいいのだろうか。ヘッドフォンをつけてスケートボードに乗っていたり、木の上で半液状化したかのようなシルエットで昼寝していたり。

「……あー、こんなか？　美美って超イケメンでクールで、映画やＣＭにも出演してるくらいで――」

「そうかなあ？」

一彩は眉を寄せて、自分が描いたイラストに見入る。

「……やっぱり才能ないのかな……」

「いやっ、そんなことない！　よく考えたら、こういう面白いところもある奴だった！　それにほら、印象なんて個人個人で違ってくるもんだし！」

下り坂になりかけた一彩の気持ちを無理やり引き上げ、プラスポイントを挙げていく。

「アニメっぽいバランスがいい！　やっぱりデッサンの基本ができてるからだろうな。それに、この表情！　笹を食ってるときなんて、まさにこんな気分！」

ふいに一彩はむずかしそうな表情を解いて、ルークの腕を摑んだ。

おわっ？　な、なんて積極的な……いや、そういうのじゃないだろ、もちろん。

一瞬狼狽《うろた》えてしまったのは、一彩から放たれる芳香に惑わされていたせいだろうか。

「そうだ！　一緒に見に行かない？　それで、これまでのお礼も兼ねて、ディナーはどう？」

は？　ディナー？　無理に決まってるだろうが。

金銭的余裕はないらしい一彩だが、あえて自ら誘ってディナーと言うからには、ドレスコードがある店をセレクトする気でいるかもしれない。帽子やヘッドフォンで耳をごまかす手が使えないではないか。

「……いや、俺もそんなに暇じゃなくて……」

そう答えながら、一彩の手をやんわりと解いた。手から伝わってくる体温を妙に意識してしまって、自分が汗ばんでくるような感じがして気になっていたのだ。

我知らずほっと息をつき、顔を向けると、一彩は驚いたような顔で固まっていた。

「え……？　どうした？」

「……なんでもない。ごめん……」

目を伏せてスケッチブックを閉じる一彩に、ルークは戸惑った。今しがたまでじゃれ合うようにして楽しく過ごしていたのに、部屋の温度まで下がったような気がする。

なんとか状況を持ち直させようと、ルークはしきりに話しかけたが、一彩は返事こそしても会話が弾むことはなかった。帰ると言う一彩を送っていくつもりで、一緒にタクシーに乗り込もうとしたのに、「独りで平気だよ」と断られた。たしかにタクシードライバーとのやり取り程度なら、一彩の英会話能力でも問題ない。

どうしちゃったんだ……？

遠ざかっていくタクシーのテールライトを見送りながら、ルークはもやもやした気分に包まれていた。

怒っていたのだろうか。しかし一彩を怒らせるようなことをした憶えはない。それにどちらかというと、憮然としていたようにも見えた。それもまた理由がわからない。

「あ、約束してない……」

ルークは思わず声に出して呟いた。

毎回、次はいつ会うかと、日にちだけは決めていたのだ。それがなかったことが、ますますルークを考え込ませた。


数日後の仕事帰り、ルークは送迎車の中でスマートフォンを弄《もてあそ》んでいた。これまでのサイクルなら、今日あたり一彩と会うはずだった。しかし、自宅に招いた日から一度も連絡はない。

そうなるとルークのほうからも動きにくくて、何度となくメールをしようとしては送信できずに消すのを繰り返していた。もしかしたらＳＮＳを覗いてくれているかもしれないと、こっそり来訪者をチェックしたりもしたのだが、それらしい形跡はなかった。

なんだよ、気にならないのかよ！　落ち着かないのは俺だけか？

天下のアイドルを振り回すなんて、やってくれるじゃないかと、ルークは腹立たしさのままに勢いよくリアシートにもたれた。弾みでキャップが脱げかけたが、ドライバーは進化種を知っているので無問題だ。

「ちょっと買い物してくから、その先の通りに行って」

ルークがショッピングに通うのは、もっぱらこのダウンタウン界隈《かいわい》だ。有名人らしくロデオドライブで買い物をすることもあるが、高価なブランド品を買って得意げにＳＮＳにアップするなんてダサい。自ら流行を作り出してこそ、インフルエンサーの面目躍如だ。

というわけでこの通りには、ルークの感性に響くものが見つかることが多いのだ。衣料品だけでなく雑貨店、古着屋、アンティークと銘打った古道具屋、古書店など、建ち並ぶ店先を走る車の中から眺めていると、画材店のショーウィンドウの前で、見覚えのある後ろ姿が目に留まった。

一彩だ！

「ストップ！」

路肩に停まった車の窓に張りつくようにして、ルークは一彩を見つめた。一彩のほうはルークがそこにいるなんて想像もしていないだろう、ある意味ルークと同じようにガラスに両手をついて、食い入るように中を見つめている。

……なんだ？　なにがそんなに……。

美大出身、アニメーション制作会社勤務の一彩と、画材店という組み合わせは、なんら不思議もないが、一彩の様子が気になる。

ルークが見つけてからも十分ほど経っただろうか、一彩はようやくショーウィンドウから離れ、歩道を歩きだした。それでも何度か後ろを振り返り、一度は引き返すそぶりまで見せた。

一彩が角を曲がり、もう戻ってこないだろうと確信してから、ルークは車を降りて画材店に向かった。ショーウィンドウには、最新式のペンタブやエアスプレーなどが並んでいたが、ルークはあるものに目を止める。

ガラスペン……これか。

展示されているだけあって高級品だったが、一彩であってもとても手が出せないというほどではないと思う。一応ルークも、話に出た後で調べたのだ。そもそものフォルムが不明だったので。

ルークをディナーに誘ったくらいだから、ここまで高いものではなくても、ふつうのガラスペンなら買えるはずだ。

それとも、プレゼントされたガラスペンが、このくらい高価なものだったのだろうか。だとしたら、一彩が諦められずにクラブへ聞き込みに行ったのも納得がいく。

そこまで考えて、ルークは眉を寄せる。

諦められなかったのはやっぱり……貰った相手のことがあるから——とか……？

ときとしてプレゼントは、品物そのものよりも、贈ってくれた相手が重要だったりするというではないか。ルークには今ひとつその感覚がわからないが。物は物だろうと思う。

とにかく一彩は、誰かから贈られたガラスペンに思い入れがあるのだろう。それを思い出して、ショーウィンドウの前にずっと佇《たたず》んでいたのだ、きっと。

そうだとしたら、自業自得と一蹴《いっしゅう》して諦めるように言ったルークは、ずいぶんと非情にならないだろうか。

……そ、そんなつもりじゃなかったし……だいたいどう考えても取り戻せそうになかったし、それならすっぱり諦めたほうがいいと思って——。

ルークは拳を握って小さく唸ると、車に戻った。ドライバーに『クールカーボン』で降ろしてくれるように頼む。

クラブはまだ開店したばかりだったが、突然のルークの登場に、客たちは歓声を上げた。それをなおざりに躱して、スタッフに詰め寄る。

「最近出入りしてたヒスパニック系のふたり組、どの辺にいる？」

「えっ？　さあ……」

「ああ、あいつらだろ？　手癖の悪い。裏通りのバーが溜まり場だって聞いたな」

ルークは踵を返してクラブを飛び出し、裏通りに向かった。どこも開店しているのか、そもそも営業しているのか怪しいような店ばかりが並んでいる。煤《すす》けたガラスから明かりが洩れているドアを押し開けると、運よく一軒目で憶えのある顔を見つけた。

「あれえ？　もしかしてルークじゃねえか？」

「マジマジ⁉　超ヤバいんだけど！」

モヒカンで眉ピアスの男と、脱色しすぎて綿毛のようになった髪の女がはしゃぐ中を突き進み、ルークはヒスパニック系のふたり組の前に立った。

「先月、『クールカーボン』で東洋人のボディバッグを盗っただろ。返せ」

有名人に個人的に話しかけられたせいか、男たちはぼうっとルークを見上げていたが、酔いで強気になっているせいか、凄みをきかせて睨む。

「はあ？　そんなの憶えてねえよ。人違いだろ」

「そうそう。有名人だからって、調子に乗んなよ。俺たちだっていう証拠はあんのかよ？」

そこでルークはスマートフォンを掲げた。

「見てたんだよ。それに、動画も撮った。なんなら今からでも、警察に提出するか？」

「ちょっ……」

ヒスパニック系の片割れが、ソファから腰を浮かせる。

「ロイ、やべえよ。次にしょっ引かれたら、マジでブタ箱かも――」

「ビビんじゃねえ、サム。フカシかもしれねえだろ」

小声のやり取りを聞き取ったルークは、だめ押しにかかった。撮影は嘘だが、窃盗犯なのは間違いない。

「星条旗がプリントされた、黒のボディバッグだったよな？」

「うわっ、マジだ！」

サムが声を上げると、ロイがすかさず叱りつけた。

「ばかか、てめえ！　なんでバラす！」

「だってよう、あんなダサいバッグ、忘れようったって、忘れられねえだろ。旅行者かと思ったのに、中身もシケてやがったし」

そんな仲間割れの最中、綿毛頭の女がルークを呼んだ。

「ねえ、ダサいバッグってこれじゃない？」

壁に造りつけの棚から取り出したのは、たしかに一彩のボディバッグだった。よりによってなぜこれを選んだのだろうと思うくらい、サムが言うとおり印象的にダサい。

「エミー、この裏切り者！」

「はあ？　そんなふうに言われるほど、あんたらとつるんでないし」

女が放り投げたバッグをキャッチしたルークは、真っ先に中身を確かめた。幼稚園児のカバンの中身のように、くしゃくしゃになったハンカチとポケットティッシュ。それから――ふたつに折れたガラスペンがあった。

ルークが顔を上げると、サムが慌てて両手を振る。

「さ、財布は入ってなかった！」

「またおめえはよけいなことを！」

ロイがサムの頭を叩くのを横目で見ながら、ルークは出口に向かう。ドアの前で振り返ると、ふたり組は意外そうにもほっとしたようにも見える顔をしていた。

現金はそんなに入っていなかったと一彩も言っていたし、なんならルークが補塡《ほてん》してもいい。しかし——。

「おまえらの指紋もついてるだろうから、今度同じようなことがあったら、警察に届けるからな。憶えとけ」

釘《くぎ》を刺し、ふたり組の反応も見ずに店を出た。

バッグは戻ってきたものの、肝心のガラスペンは無残なありさまだった。こんなものを一彩に見せても、逆に悲しませるだけなのではないだろうか。

あいつを喜ばせたかったのに、なんてことだ……。


翌日、ルークが美美として動物園で働いていると、夕刻近くなって一彩が姿を現した。

今日の美美はいつにも増してアンニュイだね、などという感想を耳にしながらも、まったくやる気が起きずにサービスを放棄していたルークだったが、数日ぶりに一彩のほうから会いに来てくれたことに、心が一気に浮上する。

それまで客のほうを見ようともせずにだらだらと寝そべっていた美美が、急に柵のほうに突進してきたのを見て、客は大きくどよめく。

一彩はこの前と同じく柵の端に陣取って、スケッチブックを開いた。

お？　おお？　俺の絵を描くのか？　そうか、どんなポーズがいい？

ルークはいそいそと一彩の前で、さまざまなポーズを繰り出す。

こうか？　こんなのはどうだ？　どんなリクエストだって応じてみせるぞ。言ってくれよ！

「どうしたんだ美美。いきなりアクティブだな」

「絵を描いてるのがわかってるんじゃない？」

客は沸いているのに、肝心の一彩ときたら一心不乱に鉛筆を動かしている。挨拶《あいさつ》もなかったのはともかく、ルークのほうを見ているのかどうかも定かではない。

いや、ルークの姿とスケッチブックの画面を、視線が素早く行き来しているのはわかるのだ。けれどなんと言ったらいいのか――ルークのフォルムを確認しているだけのような感じがする。これまでみたいに、内面に語りかけて訴えてくるような気がしない。

それでも意気込みというか熱は伝わってくるので、おそらく描くことに集中しているのだろう。

まあ、描きたいなら、いくらでも協力してやるぜ。描かずにはいられないような衝動を掻き立てるのも、俺がアイドルだからだろうしな。

やがて閉園を告げる音楽が流れて、一彩ははっとしたように手を止めた。辺りを見回して、客がすっかり引けていることに驚いている。

「あ……」

ようやく視線がルークに戻った。夢中になって我を忘れていた自分を恥じるように目を伏せるのも、いつもの一彩らしい。

「……ありがと。ずっとつきあってくれたんらな。人気もにょの美美を独り占めしちゃったよ」

いいってことよ！　一彩と比べたら、他の客なんて——あ、アイドルがこういうことを言っちゃだめだな。ファンのひとりひとりがかけがえのない宝物です、って言わないと。

独占したと言うわりには、一彩はあまり嬉しそうでも得意そうでもなく、どことなく寂しげな笑顔だ。

スケッチブックを畳んで、ルークと目線を合わせるようにしゃがむと、一彩は小さくため息をついた。

「ちょっと落ち込んでてさ……こんなことじゃいけにゃいって、わかってはいるんだけど……なくすとやっぱりつりゃいよな……」

それを聞いて、ルークはぎくりとした。

なくしたというのは、やはりガラスペンのことだろう。昨日取り返したそれはルークの自宅に置いてあるが、とても一彩に見せられる状態ではない。

あの後、ルークは画材店に駆け込んで、ガラスペンの補修が可能かどうか訊いてみたのだ。店員曰《いわ》く、「できなくはないが、補修の痕跡《こんせき》は残ってしまう」とのことだった。なにより修繕費のほうが購入代より高くつくだろうと言っていた。廉価《れんか》品らしい。

思い入れのあるものなら、たとえ損傷しても手元に置きたいものだろうか。しかし気落ちしている一彩を、さらに落ち込ませたくない。その役目を自分が負いたくもない。

ああ〜、どうしたらいいんだ……。

肩を落として去っていく一彩の後ろ姿を見つめながら、ルークは地面を前肢で叩いた。


その夜、ルークは意を決して、一彩のアパートのドアをノックした。

「ルーク……！」

隙間から驚く顔を見せた一彩は、慌ててチェーンを外してドアを大きく開けた。

「入っていいかな？」

「も、もちろん！　どうぞ……」

狭く古いワンルームに足を踏み入れたとたん、ルークは鼻を蠢《うごめ》かした。一彩の匂いが充満している。しかも、たった今スプレーを吹いたばかりのようなフレッシュさだ。

「この匂い……」

「あ、ちょうどコーヒーを淹《い》れたとこなんだ。飲む？」

コーヒー？　コーヒーなんかの匂いじゃないだろ。それともマジでこんなコーヒーがあるなら、ぜひ譲ってほしい。いや、買い占めてやる！

くらくらしながら椅子に座り、一彩がマグカップに注いだコーヒーをテーブルに置いて、向かいに腰を下ろすのを待つ。

「……あの、この前はおじゃましました。ルークの自宅に呼ばれたなんて、光栄だったよ。あ、でもネットで吹聴《ふいちょう》したりしないから安心して。そもそもＳＮＳとかやってないし――」

ルークは折れたガラスペンをテーブルに出した。

「え……？　あ、これっ……」

一彩は目を丸くして手を伸ばす。両手でつまんだガラスペンの折れた部分を合わせようと試みる。

「盗った奴を突き止めて、取り戻したんだけど……こんな状態で。もっと早く行動すればよかった。残念だ」

「ルークが直接？　危ないよ、なにもなかった？　盗むような奴らなのに……」

「平気だよ。とんだ間抜けな奴らだった。けど、しっかり釘を刺しといたから」

「間抜けって言われる奴らに盗まれる俺って」

一彩は苦笑して、ガラスペンをテーブルに置いた。改めてルークを見つめる。

うっ……そんな子犬みたいな目で真っ直ぐ見ないでほしい……落ち着かなくなるじゃないか。ただでさえ匂いが気になって、そわそわしてるのに。

「俺なんかのために、ありがとう。折れちゃったのは残念だけど、しかたないよね。これは俺が油断してたからだ」

「でも、大切なものだったんだろ。もしかして……恋人からのプレゼントだった、とか……？」

「ふへえっ？」

肯定の返事を半ば覚悟しての質問だったのだが、返ってきたのは奇妙な驚きの声だった。

「な、なにそれ……違うよ！　学生時代の友人たちが、壮行会のときに餞別でくれたの。恋人なんて……いないし」

なに!?　マジか！

「そっ、そうなんだ……」

真逆の事実に、ルークは口元が緩みそうになる。

「でも、応援してもらってる気がしたし、頑張ろうって……お守りみたいなもんで、大事にしてたんだ」

そうか……そういうことか。喜んでる場合じゃなかった、それは後だ。まずは一彩を慰めてやらなきゃ。

「取り戻すのが遅くなって、残念だったけど、俺……少しでも一彩に元気になってほしくて、これ――」

ルークは細長い箱を差し出した。真っ赤なリボンが結ばれている。

「え……なに？　俺に？」

一彩は戸惑い気味にそれを受け取り、何度もルークの顔と見比べた。開けるよ？　ほんとにいいの？　という顔をしながら箱を開く。

「わ……」

中から出てきたのは、件《くだん》の画材店で購入したガラスペンだ。偶然にも店内にあったガラスペンの中でいちばん高価だったが、ルークが気に入ったものでもある。

透明な軸の中に螺旋《らせん》状の色模様が流れ、途中から溢れ出た細かな気泡が、角度によってさまざまな色に輝く。

「……すごい。きれい……」

「イタリアの職人が手作りした一点ものだってさ。いい色だろ？　なんていうか、一彩のイメージに――」

似ていると、見た瞬間に思ったのだ。それが購入のきっかけでもあった。

「貰えないよ、こんな高価なの！」

しかし一彩はそう言って、ルークにガラスペンを突きつけた。

「え……？　気に入らない？」

いいと思ったのだけれど、一彩の好みに合っていなかっただろうか。まあ、あんなイラストを描くくらいだから、ルークとはセンスが異なるのかもしれないが。

一彩はガラスペンを差し出したまま、ふるふると首を振った。ルークはため息を呑み込んで、ガラスペンに手を伸ばす。

喜んでくれるかと思ったんだけどな……。

「……こんなことされたら……我慢できなくなるじゃないか……」

「え？」

透明なガラスペンの向こうで、一彩が瞳をゆらゆらさせている。

「……もっと好きになっちゃう……」

……なんだと？

ルークはガラスペンごと一彩の手を摑んだ。

好きになっちゃうって、それのどこがいけないんだ？　しかも、もっと、って！　我慢できなくなるって！

「わかってるんだよ……」

一彩はルークの視線から逃れるように、顔を背ける。しかし手を振り解こうとはしない。

「わかってるって、なにが⁉　俺は全然わからないんだけど！　そこを説明してほしい！」

落ち着いたかに思えた芳香が、またにわかに濃く漂って、ルークはその香りに意識を奪われそうになりながらも、ここははっきりさせておかなくてはと、必死に一彩の手を握る。

「ルークは超有名人で、ほんとなら俺なんかが関わるはずなんかもなくて……けど、優しいから……俺に英会話を教えてくれたり、家に呼んでくれたりしたけど……だからって、調子に乗っちゃだめだって……」

「は……？　はあっ？　なんだそれ？　俺はただ、一彩と仲よくなりたかっただけだし！　それを下心っていうならそうなんだろうけど、英会話レッスンだって家に呼んだのだって、楽しいからそうしたかったんだって」

そのうちに、一彩のことが気になってしかたなくなった。もっと一緒にいたいと思った。数日会えないだけで気が気ではなくて、どう思われているのか気になって気になって――。

そのとき、突然天啓のようにルークは閃いた。

これって……恋、じゃないのか？

一瞬の思いつきが、一秒過ぎるごとに確信に変わっていく。

一彩の匂いに心を乱されるのも、好きだからなのだ、きっと。

進化種だと判明した幼獣期から、ルークは成長に合わせて進化種のなんたるかを、保護研究機関から教えられてきた。

独り暮らしをする前、そろそろ性成熟期だからと、そういった教育も行われたのだが、進化種の発情はオリジナルと少し異なり、相手の匂いに強く反応するのだという。しかしそれがストレートに性的反応に繋がるとは限らず、ただ気分が高揚したように感じるだけだったり、色恋抜きで相手に好意を抱いているように思ったりと、さまざまなケースがあるらしい。

なにしろ本人も初めての体験で、オリジン《原種》のように動物の本能だけでなく、人間的な思考が加わる分、そうと自覚するには時間を要する場合もある――と、講師が言っていたのを、ルークは思い出した。

「俺っ……！　俺も一彩が好きだよ！　一彩もそうなんだよな？　やった！　すごくない？」

ルークはそう言ってハグしようとしたのだが、一彩に両手で押し返された。

「ま、待って！　ちょっと待って！」

「なんだよ、好きって言ったじゃん」

今また一彩の匂いが強まったのを感じて、ルークは興奮する。ひたすら好きという気持ちの中に、妖しげな衝動が生じてきて、これが発情というものかと納得した。

「だって……違うだろ」

「なにが？　なにが違う？」

なんの問題もなくカップル成立のはずなのに、一彩が困惑したような目を向けてきた。そんな表情もたまらなく可愛くて、ルークは指をむずむずさせる。しかし待ってと言われた以上、無理強いはしない。

俺はクールでスマートなアメリカンガイだからな。ワイルドなだけじゃ、今どき流行《はや》らないんだよ。

それでも鼻息が荒くなるのは止めようがなかった。幸いなことに一彩はそれに気づかないようで、しょんぼりと目を伏せる。

「……俺の好きは違う、と思う……」

「と思う？」

「こんな気持ちになったの初めてで、まだ自分でもよくわからないんだけど、きっとそう……ルークは友だちとして俺を好きになってくれたんだろ？　でも俺は――」

一彩は睫毛《まつげ》を震わせながら目を上げた。

「ライクじゃなくて、ラブ……なんだ」

それを聞いたとたん、ルークは待ったを忘れて一彩の両肩を摑んだ。

「一彩、Love じゃなくて Rabu になってる。ついでに Like も――いや、それは置いといて！　同じだよ！　俺も一彩にラブだ！」

もうなにも問題はなかろうと、むしろパーフェクトな両想いだと、ルークは一彩を抱きしめた。

腕の中でかつてなく芳香が舞い上がり、むせそうになった。頭がくらくらする。

「……え？　ええっ？　だって……ルークはゲイなの？」

「違うけど、男とか女とか関係ないと思ってる。ていうか、一彩が好きなんだ。愛してる。それをゲイだって言うなら、それでも全然いい」

目が回りそうなのに、一彩の項に鼻先を押しつけて、思いきり匂いを嗅いでしまう。ああ、最高だ。この世にこんなにいい匂いがあるだろうか。

つまらないドラッグなんかより断然クるぜ！　使ったことはないけどな。

「……えと、あの……じゃあ、ほんとに同じ？　俺……ルークを好きでいていいの？」

「なんて可愛いことを言うんだ、一彩！　いいに決まってる。じゃあ、俺も訊くぞ？　俺もずっと一彩を好きでいていいんだな？」

一彩はようやく顔を上げてルークを見つめると、花が開くように笑った。いつもどこか寂しげな笑顔だったり、苦笑だったりした一彩の本物の笑顔を見たのは、動物園で初めて話しかけてきたとき以来ではないだろうか。そしてその表情に、あのとき以上に胸が騒いで、ルークは感動しながら我慢できずにキスをしようと唇を尖《とが》らせた。

「やだもう、ルーク！　笑わせるなよ」

一彩の手がルークのニット帽に伸び、軽く引っ張っただけで大きめでぶかぶかのそれがあっさりと取れる。

「あっ……」

ふたりで同時に声を上げ、顔を見合わせた。

「……やだなあ、そんなの仕込んで。俺を笑わせるつもりだったんだ？　よくできてるねえ。ヘッドフォンにつけてるやつと同じ？　これはどうやって――」

一彩は笑いながらルークの耳に触れ、びくりとした。

「あったかい……ていうか、本物⁉　なんで⁉　あっ、耳がない！」

本来人間なら耳があるべき位置を指で探って、一彩はさらに驚愕する。

「あー、ええと落ち着いて……だいじょうぶ？　なんなら深呼吸。はい――」

ルークの指の動きに合わせて、一彩は素直に息を吸って吐いた。その後またルークの頭を見て、瞬きを繰り返す。

「お察しのとおり本物です」

「嘘っ！　あ、でも本物だし……なんで？　なんでっ？」

「進化種って生き物がいてね――」

ルークは順を追って、進化種とはなんぞや、どういう生態なのか、どうやって生活しているのか、協力者の保護研究機関の存在などなど、語って聞かせた。初めは疑わしげな様子だった一彩も次第に聞き入って、頷いたり考え込んだりしていた。

「――というわけで、俺も日中は『ビバリーキングダムズー』で働いてます」

「動物として、展示場の中で？　あ、その耳って、もしかして……」

「そう、ジャイアントパンダ」

きみが好きな、と心の中で付け加えて、胸を張ってみたのだが、気づけば一彩は胡乱《うろん》な表情だった。

「……ほんとに？」

「愛する者の言葉が信じられないかなー。ま、いいや。突拍子もない話なのはわかるよ。そいじゃ――」

ルークは椅子から立って、部屋の中央に移動した。

「いくよ？　あ、先に言っとくけど、変化するとさすがに人間の言葉は喋れないから。でも、聞くのはＯＫ」

そしてパンダに変わった。

「わ……」

椅子にしがみつくように立ち上がった一彩が、恐る恐る近づいてくる。一彩を驚かせないように、ルークはじっとしていた。

ルークの前で膝をついた一彩が、そっと手を伸ばす。指先が頬に触れ、ルークは自分からも顔を擦りつけた。

「……美美……美美だね？　そうか……俺を励ましてくれていたきみも、ルークだったんだ……」

一彩の両腕がルークを抱きしめる。そんな一彩をすっぽり包むように、ルークもまた抱きしめ返した。

香りに甘さが増し、まるで極上スイーツでも目の前にしているようだ。いや、瑞々《みずみず》しく熟したフルーツだろうか。いずれにしても、かぶりつきたくなる。

ルークの口が無意識に開きかけたとき、一彩が顔を上げた。

「あっ、そうだ！」

慌てて口を閉じた弾みに、舌を噛んでしまう。呻くルークに、一彩は反射的に身を引いた。

「うわ、びっくりした。どうしたの、美美――じゃなかった、ルーク」

なんでもないと片手を振り、続きを促す。喋れない不便さを知ったのも、初めてのことだった。これまでは獣型のときに話したいと思ったことなど、特になかったのだ。それが当然だと思っていたから。

しかし当たり前では我慢できないときもあるのだと、それが好きな相手と片ときも意思疎通《いしそつう》を妨げられたくないということなのだとわかった。

「あ、ああ……あのね、せっかくだからスケッチしたいんだけど、いいかな？」

ルーク的にはもう少しイチャイチャしていたかったのだが、一彩の頼みとあれば拒む理由はないと頷く。それに今の一彩の明るく生き生きとしていることといったら、どうだ。

そうか、そんなにパンダの俺が好きで、描きたいんだな。

「ええとね、まずは後ろ向きで、顔だけこっちに――そう、そんな感じ」

次は仰向けに寝そべってとか、丸めた毛布にしがみついてみてとか、ルークは次々とリクエストに応じる。なにぶん狭い部屋で、その中央で人型のときより嵩増《かさま》ししたルークがポーズを取るものだから、一彩は適度な距離を置いて見るために、椅子の上に乗って俯瞰《ふかん》気味にしたり、壁にへばりついたりと大変だったようだ。しかしそんなことは気にならないかのように、ひたすら熱心に手を

動かしていた。

小一時間ほど経って、一彩はようやく満足げに息をついた。心なしか頬が上気している。

「すっごい満足感……」

その呟きを合図に、ルークはパンダから人型に戻った。展示場でも比較的動かずにいることが多いが、モデルとしてじっとしているのは、やはり意識が違う。せっかく一彩が描いてくれるのだから、できるだけ描きやすくしてやりたいし、なおかつカッコよく描いてほしい。というわけで、あちこち強張ったような身体を、軽く揺らして窓辺の小さなソファに腰を下ろした。

「あ、お疲れさま。コーヒー冷めちゃったね。淹れ直す——」

「いいよ。それよりこっち来て」

ルークが手招くと、一彩はにわかに緊張した顔になり、おずおずと近づいてきた。しかし隣に座るのを躊躇っているので、手を摑んで引っ張る。

「あっ……」

覆《おお》いかぶさるように倒れ込んできた身体を受け止め、そのまま顔を近づける。

「今度は俺からリクエスト。キスしたい」

腕の中の身体が強張る。しかし引き寄せるのを抗《あらが》いはしなかった。ゆっくりと少しずつ近づく距離に、心が昂る。

「……んっ……」

人間の唇は柔らかい、というのが第一印象だった。そしてなんだか、ひどく敏感だ。自分も、一彩も。それを触れ合わせて互いを確かめるのだから、キスというのはよくできた行為だと、ルークは感心した。

こう書くととても落ち着いているようだけれど、実際のところは無我夢中だった。一彩のなにもかもが好ましい。柔らかな唇もあえかな声も、すらりとしなやかな身体の感触も。

もうどんどん一彩を味わいたくて、しかし慌ててはもったいないような気もして、ルークは贅沢《ぜいたく》な悩みに翻弄《ほんろう》された。

舌を絡め合ううちに、息苦しさに見舞われる。キスのときは鼻で息をすればいい、と知識だけを得たのはいつだっただろう。今こそそれを実践するときと行動に移したが、吸い込んだとたんに目が回った。香りだ。一彩の匂いが量も濃度も過去最高で、それが鼻腔から脳にまで広がった。

「痛てっ！」

仰《の》け反《ぞ》った拍子に、窓枠に思いきり後頭部を打ちつけ、同時に唇が離れた。頭をさすりながら身を起こすと、揺らぐ視界の中で、一彩がずるずると床に崩れるところだった。

「ごめん、ムードなくて」

一彩は俯《うつむ》いたまま首を振る。

「仕切り直しってことで。今度はちゃんと——」

「無理……」

「えっ……？」

　まさかここに来て、テクなしとか罵《ののし》られるのだろうか。インフルエンサーなんて気取ってるけど、中身は全然じゃないか、とか。

　ＳＮＳなんてやっていれば、有名になればなるほど悪意あるコメントも目にするが、ルークはそういうものにはまったく動じない。しかし相手が一彩となれば、話は別だ。少しでも否定的なことを言われただけで、激しく落ち込む自信がある。

　一彩が顔を上げた。黒目がちでいつも潤んでいるような瞳が、今は本当に涙目になっている。

「これ以上は……無理」

　そんなに嫌だった⁉

「ルークに好きだって言われただけで、もうどうしていいかわからないのに、き、キスなんて……夢じゃないよね？　ほんとにしたよね？」

　地獄まで落ちた気分が、一気に天国へ急上昇だ。天使が花びらを撒《ま》いているのまで見えるような気がする。

　ああ、それにしても一彩！　なんて可愛いことを言うんだ！

「……ゆ、夢なもんか。信じられないなら、もう一回――」

　身を屈《かが》めて唇を近づけようとしたルークの顔に、一彩は手のひらを押しつける。

「だから、もう今日はこれ以上無理！　心臓止まっちゃう。それに……初めてだから、どうしたらいいかわかんない。覚悟もないし……」

なんだと⁉

次から次へと放たれる甘言攻撃に、ルークのほうが心停止しそうだ。

「……は、初めて……？　エッチが？　気にすることない、実は俺——」

「違うよ、キスが」

初めて同士か！　それはたしかに大変だ！　でも、スペシャルに素晴らしいじゃないか！

天にも昇る気持ち継続中のルークだったが、自分もまた未体験だとか、キスすらも同上だったとか、打ち明けるのをとどまる機転は働いた。いや、狡いとか隠すとかでなく、正直に言ったら、逆に一彩を不安にさせるかもしれないので。

しかしそうとなれば、事前にちゃんと情報収集が必須だろう。段階を踏むというのも大切かもしれない。ゆっくりじっくり一彩を堪能できるわけでもあるし。

とにかく心が繋がったことは確認できたのだから、今日はここまででもいいだろう。焦《あせ》ることはない、これからはずっと恋人なのだ。

「一彩——」

ルークは立ち上がって一彩の手を取り、立たせる。

「じゃあ、これだけもう一回。俺は一彩が大好きだよ」

一彩は微笑みを浮かべて頷いた。

「うん、俺もルークが大好き」

翌日からのルークは、展示場での活動にも気合が入り、ファンサービスもこれでもかとこなした。

「すごいねー、今日の美美。おとなになっちゃったから、あまりはしゃがなくてもしょうがないと思ってたけど」

「パンダさん、かわいいー！　ブランコしてるー」

おう、恋を知ったおとなだからな。俺の喜びをおまえらにも分けてやるぜ。

浮かれているのも事実だが、なにより一彩の言葉が大きい。

『俺、動物はパンダがいちばんだと思うんだ。ルークがパンダだったなんて、最高だよ』

『俺だって、人間は一彩がいちばんだと思ってるよ！』

両想いと知ったときの、そんな会話が思い出される。

一彩がパンダのルークがいいというのだから、これが張り切らずにいられるだろうか。一彩にもっと好きになってもらうためにも、喜んでもらうためにも、ルークは動物園のトップアイドルを極めようと思ったのだ。

ま、そうはいっても、俺は生まれたときからアイドルだし？　これで本腰入れたりしたら、客がどうなっちゃうのかって話だよ。

ルークは動くブランコから飛び降り、腹でバウンドするようにして転がる。柵の向こうの人間どもから、うるさいくらいの歓声が上がった。

「相変わらず間抜けー。美美はこれでなくっちゃ」

「最近動かなかったせいか、以前に増して動きに切れがないわー。まあ、そこが可愛いんだけどね」

「あしたもー。あしたもメイメイにあいにくるー」

なんとでも言うがいい。パンダはこういうのがイケてるんだよ。おまえらだって好きだろ？　そこんとこ、俺は全部計算し尽くしてやってんだからな。

人型のときまで、こんなふうだと思われては困る。ルークは常にクールでスマートなイケメンなのだ。

「どうしたんだよ、ルーク。急にやる気出してんじゃん」

閉園後、バックヤードで声をかけてきたのは、ウンピョウのラーデーだ。小型のネコ科のせいか、人型になっても華奢で、東洋の少年めいている。実際生まれてまだ二年経っていないので、外見も年齢相応といえるが、とにかく小生意気だ。

ふだんならつい言い返すところだが、もはやルークはおとなだ。恋しちゃっているのだ。だからガキを相手にむきになったりしない。

「おとなになれば、おまえにもわかるさ。愛する者のためなら、なんだってできる」

ふっとニヒルに笑って踵を返すと、ラーデーが地団太《じだんだ》を踏んでいる気配がした。しかしそれもすぐに忘れて、通用口へと急ぐ。

気持ちを確かめ合って以降、毎日のように会っているルークと一彩だけれど、その場所はルークの自宅に定着しつつある。

ルークとしても一彩を怖がらせることのないように、ゆっくりと愛を育んでいくことにやぶさかではないものの、なにしろ一彩のアパートは狭い。自動的に距離も近くなるわけで、揃ってソファに座ったりしたら、もう太腿《ふともも》なんて密着状態になる。その状況で紳士的に振る舞えるほど、ルークもおとなになっていないというか。

それに、人間の男である一彩と恋人になったことで、ルークは来《きた》るべきエックスデーに備え、いろいろと情報を収集した。一彩も未経験なのだから、ここはルークが担当するところだろう。

その結果、必要と思われる品の数々を早々に買い揃えたが、まさかそれを毎回一彩のアパートへ持参するのもどうなのか。一彩に訊かれても説明に困るし。そこはムードが大事だと思う。

その点、ルークの自宅ならさりげなく隠し気味に準備しておける。なんなら各部屋にワンセット用意しておいてもいい。どこでその気になっても、憂いなしだ。

おっ、来た来た！

おおよその時間は約束しているので、そのころになるとルークは二階の廊下の窓から、門のほうを見守っている。ヘッドライトの明かりが近づいてきて、タクシーが門前に停まると、ルークはこっそりスマートフォンで撮影をした。

「恋人が来た！　ってね。ま、アップはしないけど」

有名人の彼氏だなんて噂が立ったら、一彩に迷惑がかかるかもしれない。マナーがいい閲覧者《えつらんしゃ》ばかりではないのだ。それに、一彩を見せるなんてもったいない。だからこれは非公開映像だ。

リモコンで門扉を開け、ルークは玄関に走る。一彩の到着に合わせて玄関ドアを開け、相変わらずちょっと恥ずかしそうな一彩に向けて両手を広げる。

「こんばんは、ルー――」

「一彩、会いたかった！」

思いきりハグする。ふわりといい匂いがして、このまま押し倒してしまいたい衝動を抑え、一彩をリビングへ誘った。

「夕食はまだだろう？　今日はお気に入りの店でテイクアウトしてきたんだ。一彩に食べさせたくてさ」

「あ、うん。ありがと。俺もプディングを――」

小さな箱をテーブルに置く一彩に、ルークは横に座りながらその手を握る。

「なにもいらないって、言ったろ。タクシー代を払わせてくれないんだから、これ以上は使わないでくれよ」

会社勤めの一彩の都合上、毎回ルークが帰宅途中でピックアップするわけにもいかず、単身タクシーを使ってきてくれるのだが、もっといい手がないものかと思っている。

「俺が免許持ってれば、迎えに行けるんだけどなー」

「いいんだよ、ルークだって仕事して帰ってくるんだから。俺はルークに会いたくて来てるんだし」

「今の、もう一回言って」

ルークは握った手を自分の胸に押しつけた。

「えと……会いたいから来てる――」

「うーれーしーいー！　愛してる、一彩！　俺も会いたかった。会いたかったよー！」

そのまま顔を近づけると、一彩は首を竦めるようにしながらも、キスを受け入れてくれた。

毎日のように、しかも何度もキスをするので、レベルアップも目覚ましい。最中に身体に触れる余裕まで出てきた。


しかし一方で、一彩の香りもパワーアップしている。ルークが先に進もうとすればするほど、一彩も無意識の香りでこちらを翻弄してくるわけで、まるで試されている気分だ。

ん……？　待てよ？　一彩の匂いが天井知らずに上がってるってことは、嫌じゃない、むしろ歓迎されてるんだろ？

いっそ最後まで進んでしまっても、いいのではないか。いや、最後までと言わなくても、直に身体を触り合うくらいは。

ルークが心臓をバクバク言わせながら、一彩のシャツの裾《すそ》に指を潜り込ませると、すかさず上から押さえ込まれる。

「ごはん！　ごはんにしようよ！　もうお腹ぺこぺこ。なに買ってきてくれたの？」

「あ、え、ああ、松花堂弁当《しょうかどうべんとう》……」

「ええっ？　懐かしい！　開けていい？」

拒否られた……んじゃないよな？

「うわあ、美味しそう！　久しぶりの和食だ」

一瞬の疑問も、一彩の喜ぶ顔に吹き飛ばされる。互いの今日の出来事を語りながら、弁当を平らげ、プディングも食べた。

ソファに並んで食後のコーヒーを飲みながら、さて仕切り直しだ、とルークがそろそろと背もたれに沿って手を伸ばすと、またしてもある意味絶妙のタイミングで、一彩が身体ごと向き直った。

「あの、お願いがあるんだけど」

「えっ……、ああ、はい……いつものね」

これも、もはやルーチンワークとなっている、パンダ姿になってのスケッチ。

ルークはどろんとジャイアントパンダに変化し、テラスに続く窓辺でポーズを取る。

一度断ったことがあるのだ。ルークとしてもせっかく一彩と会っているのだから、喋ったり触れ合ったりしたい。

しかし一彩はひどくがっかりした様子で、「じゃあ、動物園で描かせてもらうね」と言った。

それはそれで、なんだか自分がひどく心が狭い男のような気がしたし、動物園でのスケッチは否《いや》が応《おう》でも一彩にも注目が集まる。深い意味はなくても、自分の前で一彩に人が群がるなんて嫌だ。

けっきょく心が狭いのだろうかと落ち込みつつ、自宅デートタイムでのスケッチを受け入れたのだった。

「ありがと！」

嬉々としてスケッチブックを構えた一彩は、そこからはもう真剣勝負とばかりに、眼光鋭く黙々と鉛筆を走らせる。ちょっと、その目つきは恋人を見るものではないんじゃないですか、と思いながらも、一彩の望みならと応じてしまうルークだった。

一彩が息をついて鉛筆を置いたのを機に、ルークは人型に戻る。

「どう、うまくいった？　モデルがいいからな」

しかし一彩は肩を落として、首を傾げた。

「モデルは最高だよ。だめなのは俺の絵。あーあ、どうしてルークのよさが描けないんだろ」

「よく描けてると思うけどな」

「こんなもんじゃないんだよ、きみの素晴らしさは！」

力説と言ってもいいべた褒めに、ルークは高揚のあまり一彩に抱きついた。そのまま床を転がるうちに、意識せずパンダに逆戻りしてしまう。

あっ、しまった。これじゃちゃんとハグできない。キスもできない。なんで念じてもいないのに……。

一彩がルークを喜ばせすぎるから、我を忘れてしまうのだ。だってそうだろう、全面的に褒められるということは、つまり一彩はそのくらいルークを好いているからだ。好意のバロメーターがマックスに等しいのだと言外に伝えられて、じっとしていられようか。

ルークがじたばたしていると、一彩が抱き返してくる。

「もうちょっとこのまま」

ルークの項に顔を埋めて、毛並みを堪能しているようだ。展示場で念入りに水浴びしておいてよかった。

『なんか、バスを使ってるみたいじゃない？』

『デート前の女子みたいだよな』

なんて会話も聞こえたが、修正すべき点は女子という単語だけだったから、無視してせっせと身づくろいに努めた。

「すごい、フカフカだ……パンダって意外と剛毛だって聞いてたけど、そんなことないよな。あー極上の毛布みたい……」

そうだろうそうだろう、以前にもましてお手入れに余念がないからな。パンダってのはファンの夢を壊さないんだよ。

好きな相手に対してはなおさらだと、一彩に顔を近づける。

「わ、鼻冷たい！　やったな！」

はしゃいだ声を上げた一彩は、逃げるどころか自分の鼻を押しつけてきた。

ああ、幸せ……ていうか、匂いで窒息《ちっそく》しそう……。

じゃれ合うのも楽しいけれど、この匂いがルークを誘惑する。何度となくやり過ごしてきたが、そろそろ限界だ。もう次のステップに進んでもいいのではないか。

って、パンダじゃないか、俺！

いくらなんでもパンダのままで初体験はキツイだろう、一彩が。そういう予備知識は、ルークも備えていない。ヒューマン同士は、おつりが来るほどチェックしたけれども。

かといって、人型に戻るインターバルが心配だ。我に返られたり、しらけたりしたらどうしよう。初めてはムードが大切だ。すでにこの状況が、ムードからかけ離れている気もするが。

……しかたない。今夜も順延ってことで……。

肉体的にせつなくはあるけれど、事はふたりの問題だから、ルークの都合だけで進めてはいけない。一彩にとってもベストな状態で結ばれたい。後々最高の思い出になるようにしたい。それがルークの、愛する者に対する流儀だ。

その分、一彩を思いきり抱きしめて、大理石の床を転げ回る。

「ちょっと、ルークってば！　目が回る～」

一彩の楽しそうな声を聞きながら、それにしても不思議だと思った。アイドルを自認するくらいだから、牽引力《けんいんりょく》が高じてときにわがままに振る舞うこともあったと気づいている。ファンを引っ張って、行き先を示してこそ、カリスマ的アイドルと思ってもいた。

それが一彩といると、彼の意思を尊重したいと思ってしまうのだ。それも恋のせいなのだとしたら、恋は不思議だ。そして素晴らしい。


一彩効果とでも言ったらいいのか、愛嬌が復活した美美の評判も上がる一方、人型のルークの人気もうなぎ上りだ。

『最近のルークは神がかってる！　ライブに行って失神しそうだったわ』

『耳つきストローハットいいね！　イメージ変わった。今日はストローハットを買いに行くつもり。もちろん耳つきに改造するよ』

そんなコメントがＳＮＳに次々とアップされていくのを、ルークは自宅のプールサイドで、デッキチェアに寝そべりながらチェックしていた。

おう、もっと褒めてくれ！　これが恋する者のパワーだ！

その後ルークは、帽子を被ってスマートフォンで自撮りの準備をする。キャップタイプのストローハットを見つけたので、細工した穴から耳を出して、プールを背景にポーズを決める。

「サングラスつきも撮っとこう」

そう呟いて、サングラスをかけたところに、やっと一彩がテラスから姿を現した。休日出勤分の休みをルークに合わせてくれたので、今日は初めてプールデートをすることにしたのだ。

もちろん下心はあった。あって当然だろう。服が減る分、直の接触も増えるわけで、そこからステップが上がる可能性は大きい。恥ずかしがり屋のヤマトナデシコ的な一彩だって、若い男には違いなく、抑えようもないリビドーに駆られるかもしれないではないか。

そうだよ、なんたって相手がこの俺さまだ。見られることを意識した肉体作りには、余念がないからな。

しかし己のボディを誇示しようと立ち上がったルークは、プールサイドに立った一彩の姿から目が離せなくなった。

今日のために新調したという空色のラッシュガードの前を開けて羽織り、膝上丈のデニム風スイムショーツを穿《は》いている。センス的には今ひとつだが、そんなことはどうでもいい。すらりと伸びた脚に目を奪われた。美脚と感じる脚は男にも存在するのか。

そしてその肌の色。東洋人の色白は、透明感があって素晴らしい。いや、なにもかも、一彩だからいいのだろう。

「……水着なんて何年ぶりだろ。恥ずかしいな……」

おずおずと近づいてくる一彩に、ルークは両手を広げて絶賛した。

「なにを恥ずかしがることがあるんだ！　いや、そんな一彩も超可愛いけど……いいよ！　すごくいい！　色白いし、すらっとしてるし」

頭に浮かぶままに褒め称えるが、一彩は頬を赤らめてルークを睨む。

「いいっていうのは、ルークみたいなのを言うんだよ……なに、そのシックスパック。パンダのときはたるたるなのに」

たるたるとは失礼な、パンダとしてはあれが理想的なフォルムなのだ、と思ったけれど、人型を褒められてもいるので、帳消しにする。

一彩は隣のデッキチェアに座り、眩しそうに空を見上げて手をかざした。

腹チラだ！　ああっ、撮りたい！

何度か触れたことはあるけれど、目にしたのは初めてなので、この感動と興奮と共に、記念すべき一枚をぜひとも激写したいところだが、心のアルバムに収めるにとどめる。

しかし、一彩のほうからスマートフォンを取り出して見せた。

「一緒に撮らない？　記念に」

「おっ、おう！　もちろんだとも！」

まあ、ルークの期待に反して、ごくふつうに肩を寄せてバストショットを写すだけだったが、ついでとばかりに自分のスマートフォンでもシャッターを押すのを忘れなかった。

「ルーク、泳ぎは得意？」

「まあ、それなりに」

「そっか。実は俺、二十五メートルがせいぜいなんだよね。息継ぎがうまくできなくて。教えてくれる？」

一彩のほうから積極的にアプローチしてくるなんて、今日はなんていい日なんだろう。泳ぎを教える口実で触れ合うなんて、スキンシップの基本中の基本ではないか。一彩もルークともっと親密になりたいと望んでいるに違いない。

「任せとけ！　手取り足取り腰取り――」

言い終わらないうちに、ルークはプールに飛び込み、勢い余ってキャップとサングラスが跳ね飛んだ。

「もー、ルークったら」

一彩はプールの縁で水を掻き、キャップとサングラスを救出してから、足をプールに入れる。

「サングラス、沈まなかったね。あ、プラスチックガラスだから？」

「うん、マリン仕様――一彩!?」

プールサイドを離れた一彩がそのまま水没するのを見て、ルークは慌てて水を掻き、水中に手を伸ばす。一彩の上腕を摑んで、一気に引き上げた。

「……足！　足がつかない！」

驚きに目を瞠る一彩に、ルークは頷く。

「ああ、二メートルあるから」

「にっ⁉」

叫ぶなり一彩にしがみつかれて、ルークは胸を高鳴らせる。

「一応泳げるんだろ？　てことは浮けるんだから、そんなに怖がらなくても——」

いや、内心はもっと怖がってくれても歓迎だ。もちろん、絶対に溺《おぼ》れさせたりしない。

ルークの首に両手を巻きつけて、一彩はこそっと囁いた。

「泳げるって言ったの、嘘……ほんとは浮き輪がないと沈む」

「なんでそんな嘘を。べつに泳げなくたって、揶揄《からか》ったりしないって」

「ちょっと見栄を張りたかったの！　それに、ルークに教えてもらったら、できるようになるかもって期待してた。ここなら、人目もないし」

密着した胸から、一彩の早い鼓動が伝わってくる。本当に抱き合っているのだという実感に、愛しさが高まる。加えてなめらかな肌の感触に、ぞくぞくする。

「ほんとに一彩は可愛いなあ……好きだよ——」

今日初めてのキスは、濡れたせいでいつもよりも唇が冷たく感じた。その分、絡んだ舌を熱く感じる。その熱に誘われるようにキスが深くなり、手が密着した一彩の身体を這う。直に伝わる肋骨《ろっこつ》の感触とか、肩甲骨《けんこうこつ》の窪《くぼ》みの深さとか、すべてに興奮してしまう。

反り返った背骨を伝って、スイムショーツのウエストから指を潜り込ませると、それまで荒い息をルークの口中に吹き込んでいた一彩が、唇を離して暴れた。

「ルーク！　こんなとこで」

「人目がないって言ったのは一彩のほうだろ。そのとおり、誰も見てないよ。ああ、太陽が見てるかな」

「それでも外はだめだって！」

かつてなくエンジンがかかっていたルークは、そのままプールサイドに移動して、一彩を押し上げた。すかさず自分もプールから出て、再び一彩を抱き上げる。いわゆるお姫さま抱っこというやつだ。

「ル、ルーク⁉」

「外じゃなきゃいいんだろ」

そのまま最寄りのリビングに飛び込み、窓辺のカウチに一彩を寝かせて覆いかぶさる。冷えた身体の内側から感じる温もりに芳《かぐわ》しい香りが加わって、ルークの情動を駆り立てた。

「一彩、愛してる……どうにかなりそうだ……」

首筋に唇を這わせ、胸元を探る。すぐに小さくて、しかし自己主張した尖りに触れ、興奮のあまり視線がそちらを向く。

おおっ、なんて可憐《かれん》なんだ！　さっきよりほんのり色づいて、しかも小さいのにしっかり手ごたえがある！

左右を確かめ、ついその下の腹部辺りまで見回したが、やはり人間なので乳首はふたつしかなかった。ちなみにパンダは四つある。

指だけではもの足りなくなって、ルークは一彩の胸に顔を伏せ、舌先を伸ばした。

「……だめ！」

……は？

額に思いきり手を突っ張られて、ルークは鯱《しゃち》のように反り返った。そのときに下半身を強く押し付け合う態勢になり、互いの変化した部分を感じ合う。いや、本当に意図しない遭遇だったのだ。

自分が興奮しきっているのは承知の上だが、一彩もまた乳首同様にそこが反応していた。ということは、嫌ではないのではないか。

それなのに、なんでノー⁉

「……一彩……何度も言うけど、恥ずかしがらなくていいんだから……わかるだろ？　俺だって――」

苦しい態勢のまま、どうにかルークは説得しようとしたのだが、いつもどちらかというとトロい一彩が、素早くカウチを離れた。支えを失ったルークは、当然のことながらカウチに突っ伏してしまう。

「とにかく、まだだめ！　……ごめん、ルーク。俺、帰るね……」

「えっ、ちょっと待っ――」

確実にその気になっていたので、猛り具合が半端ではなく、ルークはいつものフットワークを失って、もたもたと後を追いかけようとした。

しかし一彩はすでに玄関を飛び出し、内側からは自動で開いてしまう門扉を駆け抜けていく。室内にあった荷物も持っていったようだが、パンイチにサンダルという格好でだいじょうぶだろうか。いや、ロスは上半身裸でスケートボードなどに興じている若者も少なくないから、職務質問などはされないだろうけれど、一彩の姿を目にして発情する輩《やから》がいないとは限らない。

「一彩！　服だけは早く着てくれ！」

耳が露出しているルークは追いかけることもできず、また追いかけても逃げられるだろうと察し、せめてそう叫んだ。


翌朝、動物園に出勤したルークは、変化前にウンピョウのラーデーと鉢合わせした。

「あれえ？　休み前は浮かれてたのに、元気ないじゃん。もしかして落ち込んでんの？　振られちゃったとか」

「……うるさい」

ラーデーをひと睨みしてから、ルークはパンダ用の展示場へ向かって、変化を済ませた。食事スペースには新鮮な竹が各種山盛りになっていたが、まるで食欲がない。それでも条件反射的に一本を摑み取り、もしゃもしゃと枝葉を頰張る。

昨夜、一彩からメッセージが届いた。

【急にお暇《いとま》してごめんね。プール楽しかったよ、ありがとう】

プールは楽しかったが、ルークとのエッチは嫌だったと、言外にそう言っているのだろうか。しかし一彩の身体はその気になっていた――はずだ。匂いだってむせ返りそうだった。

なにぶん未経験ではあるし、それがいきなり同性と、しかも自分が受けるほうの可能性大とあっては、尻込みする気持ちもあるだろう。

それはわかってるんだよ。だから俺だって、決して性急にはなるまいと肝《きも》に銘《めい》じて……。

言いわけできるなら、ルークだって初めてなのだ。紳士的であろうと心で念じていても、テンションが上がればそちらに引きずられる。年齢的にも若く、抑えがきかないお年ごろでもある。

その点を考慮して、そろそろステップアップ願えないだろうか。

……でもでも、嫌われたりしたらどうするんだよ～。

その程度で壊れるような愛ではないと信じているが、恋人同士において、セックス事情はその程度というひと言で片づけられるものでもないと思う。一彩と恋人同士でいる以上、彼以外とエッチする気もないし、するべきでもない。

となると、人間的には自己処理になるのだろうか。ルークはこれまで発情経験がなかったので、人型でいるときも自慰をしたことがなかった。そもそもそういう欲求どころか、発想すらなかった。

というわけで実は昨夜、試してみたのだ。昼間の一彩を思い浮かべると、あっという間に臨戦態勢になり、そして呆気ないほど簡単に射精した。

……うん、よかったよ。あれはあれで気持ちがいい。けど、一彩に触れるのと比べたら、全っ然違う。

それはともかく、一彩がだめだと言う以上は、ルークはそれ以上無理に進めない。ちょっとくらい、いや、かなり苦しかろうとも、一彩の意に染まないことはしたくない。

「ちょっと見て。美美ったら朝から食欲旺盛《おうせい》」

「どんだけデカくなるつもりなんだよ？」

「メイメイ、ごはんいっぱいたべてるねー」

気づけば開園して客が集まっていたが、ルークはすっかり上の空だ。

ああ～、俺ってば恋の奴隷だー。でも、一彩が嫌がるようなことはしたくないし……いつも笑っていてほしいんだよ、うん。

ままならない事態のせつなさにため息をついて横たわると、なにも知らない客たちがまた口を開く。

「満腹になったら昼寝かよ。ぐうたらだな」

なんとでも言え。おまえらにかまってる場合じゃないんだよ。

しかしそれ以降、一彩からの連絡はなかった。

ルークはすぐさま「気にしなくていい。また遊びに来てくれよな」とメッセージを返したが、それにも返信はなかった。

二日経ち、三日経ち、ついに明日で一週間になろうとしている。早いうちに様子を探ればよかったのに、一彩の意思を優先しようして待ちの態勢で過ごす間に、こちらから連絡するタイミングを失ってしまった。

間が開けば開くほど不安な気持ちに襲われて、今は逆に連絡するなんてとんでもないという感じだ。嫌な答えしか返ってこない気がする。

そんなことはない！　俺と一彩は、種族と性別を超えて結ばれたんだから！

そう己に言い聞かせてみるものの、厳密にはちゃんと結ばれていないじゃないかとか、エッチを拒まれているということは、そこまでの好意ではないのではないかとか、頭の中がぐるぐるする。

おまえらええ加減にせえよ、とツッコミを入れたくなるくらいのアツアツベタベタぶりを披露していたハリウッドスターカップルだって、ちょっと目を離したすきに破局していることはよくある。日常茶飯事だ。

ルークは思い悩んで油断しまくり、部屋着のままふらふらと散歩に出て、公園のベンチでぼんやりしているところを、パパラッチに撮られるという失態を犯した。以前、有名ハリウッドスターがオフタイムの写真を似たような構図で撮られたことがあり、それと並べてＳＮＳにアップされもした。

唯一の救いは呆然自失でもしっかり耳を隠してあったことと、キ〇ヌに比べて、ふだん着もイケているとコメントされたことだろうか。

DJのほうも気分が乗らずにキャンセルが続いている。どうしても外せないステージに一度だけ出演したが、出なければよかったと後悔するくらいひどい出来だった。声は裏返るし、タイミングを外して間は開くし、完全に曲名を間違えた。途中からはきっと、客に憐みの目で見られていただろう。

俺の人気も、失恋と共に去りぬ……。

燦然《さんぜん》と輝いていたスターがあっという間に落ちるのも、アメリカンドリームにはよくあることだ。いや、アメリカに限らず、日本にも諸行《しょぎょう》無常《むじょう》とか盛者必衰《じょうしゃひっすい》とか古《いにしえ》から渋いフレーズがあった。

人気者であり続けるのはもちろんのこと、ルークとしては一彩との恋も永遠を疑ってはいなかったのだが、世の中そう甘くはないと、人生五年目にして初めて挫折《ざせつ》を味わっている。

DJやSNSインフルエンサーでなくなることには、特に恐れは感じず、惜しいとも思わない。やろうと思えば、またある程度まで上り詰めるだろうという自信もあった。

実際のところ、DJのミスや開店休業状態のSNSに対して、ファンの反応はあまり変化がない。変わらず「ルークage《アゲ》」状態なのだ。批判めいた説教を流しているのは、いつでも存在する「俺こそが正義」な輩だけだ。

ジャイアントパンダの美美に至っては、なにがあろうと称賛だ。一見ディスっているような言葉も、根底には愛ありきだとわかる。

というわけで、ルークを取り巻くものはなにも変わらない。変わったように感じるとしたら、ルークの気持ちがそうさせているのだ。一彩がいない、というその喪失感が。


明日からは月に一度の土日連休だった。指折り数えていたはずだったが――。

それがなんなんだよ。俺には関係ないや。

こんな状況になる前は、ルークもいろいろ考えていた。会社勤めの一彩も休みだろうから、ちょっと遠出をしてラスベガス辺りで遊んでもいいのではないかとか、それとも我慢してウイッグを被り、三ツ星レストランでディナーとしゃれ込むかとか。

しかし今となっては、それもすべて無駄だ。

音信不通となって半月。一彩はどうしているだろう。ルークのことなど思い出しもせず、毎日楽しくやっているだろうか。

そういや、ちょっとは英会話も上達したよな。まあ、LとRの使い分けは未だに無理だけど。もともとできないわけじゃなくて、単に引っ込み思案なだけなんだよ。

だから人づきあいも今ひとつだったようだけれど、英語に自信がつけば自然と会話も増える。そうなればもう、誰だって一彩の魅力に気づくはずだ。

……許せんな、それは。

誰にも一彩を渡したくない、という気持ちは変わっていない。今も一彩を愛しているのは言わずもがなだ。

それなのに自分からアクションを起こせないのは、ただひとつ、その結果一彩に引かれるかもしれない、あるいは嫌悪されるかもしれないのが怖いからだ。

愛って、甘かったり楽しかったり、悲しかったり怖かったり……いろんな面があるんだなあ……。

今なら詩人としても大成できそうな気がするルークだ。

しかし元来がポジティブで、内にこもることが苦手なルークなので、鬱々《うつうつ》とした日々にも飽きてきたというか、音を上げたというか。

はっきりと引導を渡されたわけではなし、相も変わらず一彩にぞっこんで、自分以外と一彩がくっつくなんて許せなくて——ときたら、もう行動に移すしかないだろう。

「……よし！　決めた！」

ルークは声を出して立ち上がり、拳を握る。

一彩に会いに行こう。会って、改めて自分の気持ちを伝えて、一彩からも気持ちを聞くのだ。その答えがルークの望むものではなかったとしても、今後変わることがあるかもしれない。いや、変えてみせる。

頭の中で考えをまとめると、それまでの鬱屈《うっくつ》した気持ちが吹き飛んで、夜だというのに光が差してきたような気がした。

「いや、マジで光が……」

二階の窓から、自宅前に停止する車のヘッドライトが見えた。目を凝らすと、後部席から降り立つ人影がある。ほどなくして車が走り去ったということは、タクシーだったのだろう。ていうか、あのシルエットは……！

ルークは階段を駆け下り、玄関に向かう。玄関フロアで門扉を開くスイッチがある壁をバンバン叩いて、ドアを大きく開ける。

まだ完全に開ききっていない門扉の隙間に、身体を滑り込ませるようにして入ってきた一彩が、玄関ポーチに立ち尽くすルークを見て駆けだした。

「ルーク！」

「……一彩！」

待ちきれずにポーチを駆け下りたところで、一彩が両手を上げて胸に飛び込んできた。一瞬にして、ルークの中からマイナスの感情がすべて消し飛んでいく。

一彩だっ……！

懐かしい匂いと感触に、ルークは感極まってパンダに変わってしまった。

「……えっ⁉　あ……」

一彩も驚きの声を上げたものの、そのまま抱き合い続ける。離せるはずがない。離すものか。

……でも、なんで？

半月も音沙汰なしだった一彩が、いきなり来訪の上に駆けつけハグとは、どういうことなのだろう。ルークはパンダ姿のまま一彩の顔を見た。質問したいことは山ほどあるのに、言葉が使えなくてもどかしい。

一彩のほうは、しげしげとルークを見つめて、いっそう笑みを深くしていた。

ああもう、とにかくもっと！　もっと一彩を補給しないと！

ルークは再び強く抱擁しようとしたのだが、一彩がはっとしたように辺りを見回しながら、ルークを押し返した。

「待って、ルーク。家に入ろう」

そう囁いてルークを隠そうとするように肩に腕を回してきたので、たしかにこの状況はまずいと、慌てて玄関に駆け込む。そのままふたりでリビングに向かい、揃って大きく息をついて顔を見合わせた。

一彩がくすりと笑う。

「パンダってけっこう速く走れるんだね。勉強になったよ」

ルークは口を開きかけて、自分がまだ獣型なのを思い出し、あっという間に変化した。

「一彩……よく来てくれた」

「ごめんね、連絡もしないで押しかけて。もう夢中だったから」

「夢中って……」

そんなに俺に会いたかったのか？　でもそれならどうして今日まで来なくて、連絡もなかったのだろう。音信不通を謝るなら、突然の来訪よりこれまでの経緯を説明してほしい。

行動に移ろうと思い立ったとたんに、一彩に会えて嬉しいのはたしかだけれど、それがどうしても解せない。しかしこうして今、一彩がそばにいるのだから、すべてはルークのとり越し苦労だったということなのだろう。

そうだよ、俺たちは愛し合ってるんだから、離れ離れになったりするはずがない。

ルークは一彩と並んでソファに座り、その肩にもたれた。

「忙しかったのか？　全然音沙汰ないから、俺振られちゃった？　なんて焦ったりして――」

「ルーク！」

いきなり一彩が身体ごと向き直ったので、ルークは上体が一彩の膝の上に倒れ、見上げる格好になった。一彩はそんなルークの胸を揺さぶり、覗き込むように顔を近づけてくる。

「そ、そんな一彩……いきなり積極的だな。そんなに俺に会いたかったのか。我慢なんかしないで、もっと早く――」

「選ばれたんだよ、俺のキャラクター！」

「そうか、キャラクターが――」

……は？

言った一彩のほうは興奮気味に喜んでいるようだが、ルークにはなにがなにやらさっぱりで、呆けた顔になる。だいたい俺のキャラクターとはどういう意味だろう。

一彩はもどかし気にルークを起き上がらせると、両手を摑んで訴えるように説明した。

「俺はデザイン部に所属してるって、言っただろ？　何人かで次回作のキャラを提案するように言われてたんだけど、ずっと悩んでてさ。何度もダメだしされてたし……そしたら偶然知り合ったきみが進化種だってことがわかって、間近でパンダ姿を見せてくれたり、いろんなポーズもとってくれたりして協力してくれた。だからこれはもう死ぬ気で頑張らなきゃいけないと思って、山のようなスケッチと格闘して、パンダキャラを作り上げて、コンペに提出したんだ」

……えーと、なんの話だ……？　ていうかこの半月、一彩はそれに集中してたってことか？　俺にメールの一通もなく？

「主役のキャラだって！　すごくない？　初参加のアニメーション映画で、俺が作ったキャラクターが主役なんだよ！」

「え、映画なんだ……テレビアニメじゃなくて。会社どこだっけ？」

アニメは詳しくないが、映画作品を作るところといったら、かなり限定される。どこも巨大資本の大会社ばかりだ。まさか一彩がそこの社員だなんてことは――。

「『スパーク』だよ。最初に言わなかったっけ？」

「『スパーク』⁉　あの⁉」

『スパーク』は世界的アミューズメント系列のアニメーション制作会社で、作ったアニメーション映画すべてが世界各国で上映され、高い興業成績を上げてる。母体となるアミューズメントパークとリンクして、息が長い人気作となるのもお決まりの流れだ。

「……すごいじゃないか！　頑張ったな！」

ようやくルークも実感が湧《わ》いて、一彩をねぎらう。

一彩は照れながらも、嬉しそうに目を輝かせた。久しぶりに見られた顔がこんな笑顔で、ルークもまた胸が弾む。

「ルークのおかげだよ。きみの協力がなかったら、叶わなかった。動物だったら絶対パンダがいけるって確信はしてたけど、キャラクターが形作れたのは、ルークがいてくれたからだ」

……ん？　なんか――。

ルークの手を離した一彩は、組んだ指で自分の膝を叩きながら宙を見上げる。

「ラッキーだったよね。まさか本物のパンダから直々にインスピレーションを貰えるなんて。ここまでお膳立《ぜんだ》てが揃ったんだもん、ものにできなかったらだめだと思って、必死に頑張っちゃったよ」

……ええと、つまり一彩は、コンペで採用されるために、毎回俺をスケッチしてたってことか？

それが溜まりに溜まって、締め切りも近いから、今度はひたすら黙々とキャラクターデザインを仕上げていた、と。

まるで、言葉が通じるパンダと知り合えたのをこれ幸いと、利用したようにも聞こえてしまうのだが――。

……そう、なのか……？

一彩の成功に、今しがた盛り上がったばかりなのに、たちまち不穏な冷たい空気が胸を通り過ぎていく。

たしかにデートの時間の内訳を振り返ってみると、半分以上をルークはパンダ姿でポーズを取り、一彩はそれをスケッチしていたように思う。それをルークは、獣型の自分のことも同じくらい好いてくれているのだと受け取っていた。実際、パンダ姿のまま一彩とじゃれ合うのも毎度のことだった。それも本当は、本来ならまず触ることなんてできないパンダに触れて、より詳細に調べるためだったのだとしたら。

……いやいや、待て。待て、俺！　それだけじゃなかっただろ。人型の俺ともラブラブしてたじゃないか。

そう思い直してみたが、そこでもまた反論にぶつかった。告白もしたしキスもしたが、けっきょくそれ以上には進めないままだった。ルークが何度誘っても、ときに実力行使に及ぼうとしても、一彩の答えは「だめ」だった。

見るからに奥手そうで、キスすら初めてだったという一彩だから、心の準備に時間がかかるのだろうと、相手のペースを尊重しなくてなにが愛だと、ルークは己の性急さを諌《いさ》めつつ、そんな一彩のうぶなところも可愛いと思っていたけれど、事実は違ったのだろうか。

そこまでするなんて冗談じゃない、とか考えてたとしたら……。

いちいち引き合いに出すようだが、ハリウッドではそんな駆け引きが日常茶飯事だ。ことに最近は過去を掘り起こしての醜聞が、これでもかと出回っている。

いや、ハリウッドはどうでもいいんだよ。問題は一彩がどう考えているのかってことで……。

だがしかし、ルークはそれを質《ただ》せそうにない。ヘタレと言われてもしかたがないが、聞くのが怖すぎる。なぜなら、おそらく事実だろうと思うからで——。

「ルーク……？」

名前を呼ばれて我に返ったルークは、きょとんとする一彩を見つめた。

「どうしたの、ぼうっとして。あ、もしかして疲れてた？　ごめんね、都合も考えないで押しかけちゃって、自分のことばっかりべらべら喋って。でも嬉しくて、最初に伝えたくて、会社から直接来ちゃったんだ」

ああ、でも……全然嫌いになんてなれないんだよ。ていうか顔を見てるだけで、もっと好きになっていくくらいで……。

以前のルークだったら、「俺を誰だと思ってんだ、天下のアイドルに好かれて光栄に思え」と憤るところなのに、変われば変わるものだ。そのきっかけとなったのも、一彩に出会ったからではないかと思う。

ルークはぎこちなく笑った。

「……役に立てて嬉しいよ。でも、キャラクターが採用されたってことは、これでもう俺は用なしなんだろ？」

一彩が怪訝《けげん》そうに眉を寄せる。

「ルーク……？　なに言ってるの？　やっぱりなんか怒ってる？　それとも――」

「俺が一彩を怒るなんて……今日までたくさん思い出をくれたじゃないか。どれも大事に思ってるよ。一生忘れな――」

「ちょっと！　ちょっと待ってよ！　なに？　どういうこと⁉」

ルークとしては、できるだけ一彩の意思を尊重したい。かといって現状を認めても、そのままで終わらせるつもりはないのだ。

たとえ一彩がルークを進化種のパンダというところに利用価値を認めていただけだったとしても、この先気持ちが変わらないとは言いきれない。いや、変えるために努力していく。だから、二度と会わないなんてことは言わないでほしい。チャンスを与えてほしい。

「どういうことと言われても……ああ、たまには会いたいな。時間があるときでいいから。一彩もこれから忙しくなるんだろうし――」

「嫌だよ、そんなの！」

「そ、そんな一彩……そこまできっぱり断らなくても……」

思いきり拒絶されて、ルークは胸を押さえながら呻く。

「だって、俺頑張ったのに！　会いたいのもずっと我慢してたのに！」

……ん？　んん？　なんかちょっと風向きがおかしくないか？

「一彩、連絡もしてこなかったのはそっちだろ？　いや、俺もしなかったけど、それは理由があって……」

ウザいと思われたくなかったからだなんて、言えない……。

「俺だって理由がある！　ルークにあれだけ協力してもらったんだから、あとは自分が頑張るしかない、絶対採用されて、ルークにも喜んでほしい、少しでもルークとつり合うようになりたいって思ってたからだよ」

涙目で訴える一彩を、ルークは呆然と見つめた。

……なんだって？　なんだ、この展開は！　マジか！　一彩はそれほど俺のことを……。

しかし早まってはいけない。肝心なところの確認が取れていない。

「……音信不通だった理由はわかった。集中するためには当然だと思う。コンペで勝って、俺を喜ばせたかったたってのも、嬉しいと思う。けどそれは……協力者に対して、ってことじゃなくて……？」

一彩は泣き怒りの表情になり、ルークの膝を拳で叩いた。

「なんだよ、それ！　今さらなに言ってんの！　好きだからに決まってるだろ！　もっとはっきり言えば、恋人に喜んでもらって、褒めてほしかったからだよ！」

「こ、恋人……」

疑いようのない単語が一彩の口から出て、ルークの脳裏では一発逆転のホームランが打ち上がった。

気づけば一彩が、ルークの膝に額を押しつけている。

「やっぱり怒ってるんだろ、ルーク……連絡しなかったから。でも、頑張るので精いっぱいだったんだよ……」

言われてみれば、一彩が仕事に必死に取り組んでいたら、他のことにかまける余裕などあるはずがない。

ルークはおずおずと一彩の肩に手を伸ばした。

「一彩、ごめん……俺はどうかしてた。会えないでいる間に、柄《がら》にもなくどんどん、どんどん悪いほうに想像が逞《たくま》しくなって……」

「変だよ、ルーク。ルークはいつだって前向きで明るくて、自信があって――」

ルークはたまらず一彩を抱きしめた。

「ああ、そうだ。俺らしくなかった。でもそれは、一彩と出会う前の俺だ。一彩と知り合ってから、好きになってから、臆病《おくびょう》にもなった……」

「臆病？　ルークが？」

顔を上げた一彩の頬を、ルークは手のひらで包む。ふ、と甘い香りが鼻先を掠めた。
「一彩がいない人生なんて、考えられない。ずっとそばにいたい」
「そんなの……」
一彩の手がルークの手に重なる。
「俺はもう、ずっとそのつもりだし……コンペで採用されたのもすごく嬉しかったけど、なにより
ルークに会えることが嬉しくて、飛んできたんだ」
刻一刻と強くなっていく香りに、一彩の本心は疑いようがなかった。いや、香りなんてなくても、
あの口下手だった一彩が、こんなにも想いを伝えてくれているのだ。それを信じ、素直に受け止め
られなくてどうする。端《はな》からルークだって、一彩の気持ちがどうでも、彼を諦めるつもりはなかっ
たのだし。
「俺もだよ、一彩……会いたかった。愛してるんだ、きみを……」
どちらからともなく唇が重なる。なんて懐かしくて、変わらず愛しいのだろう。一彩はいい匂い
がして、甘い。
貪る舌が蕩けそうで、わずかでも取りこぼすまいと、一彩の口中を舐め尽くす。喉奥から洩れる
かすかな呻き声すら、吐息もろとも呑み込む。
ルークがガンガン迫るせいか、次第に一彩の身体が仰け反った。背中を支えていた手が強く密着
して、まさぐらずにいられなくなる。シンプルなコットンシャツを通して、体温となめらかな素肌

を感じ、ルークはもう我慢ができない。

我慢って、なにを我慢する必要があるんだよ？　俺と一彩は相思相愛で、しばらくぶりの再会に、恋の炎は否が応でも盛り上がって——。

反対の手をシャツの裾から忍び込ませたとたん、

「うっ……」

突き飛ばす勢いで胸を押し返されて、ルークは身を折ってむせた。

「……か、一彩……？」

ルークが苦しんでいる間にソファから飛び退《すさ》った一彩は、シャツの襟元《えりもと》を摑んでふるふるとかぶりを振った。

なんだ、そのしぐさは……この期に及んで、まさか……。

「だめだよ……まだ……」

出た！　恐れていた台詞《せりふ》が！　なぜ！　ここまで来て！

コンペで選ばれて、喜び勇んでここに駆けつけたのはいい。真っ先に知らせてくれて、ルークも嬉しい。

しかも、ルークに会いたかったとも言ってくれた。そのために頑張ってきたのだ、とも。

願いが叶って会いに来てくれたのだから、その後の展開についても了承済みと思うのが当然ではないか。

ルークは口をパクパクさせながらも、冷静に、と自分に言い聞かせた。一時は一彩を振り向かせるまで待つと決めたのだから、焦ってはいけない。すでに心はゲットしている。

なにしろ一彩は未経験だ。ルークもそうだが。しかし行為の役割が違う。ルークは一彩を抱く気満々なので、それを薄々察しているだろう一彩は、本来の性別とは違うポジションを担わされるわけで、怯《ひる》んでもしかたがない。

ルークとしてもその点は重々承知なので、いきなりそこまで行きつこうとは思っていない。触り合って愛し合うというのもアリだろう。一度に済ませてしまっては、もったいないという気もする。が、そう思ってはいるけれど、いざ事が始まってしまったら、そのとおりになるかどうかは保証しかねる。ルークも若い男なのだ。初の試みなのだ。抑えきれないリビドーのままに突っ走ってしまっても、責められないと思う。

「……ええとね、一彩。きみの気持ちは聞かせてもらったし、俺の気持ちも伝えた。そこまではOK？　それで俺たちは愛し合ってるわけだ。となれば、心だけでなく身体でも愛を確かめ合いたいと思うのは、自然な流れだと思うんだけど」

我ながらすごくまっとうなことを言っているようでもあり、それが逆にちょっとダサいような気もする。しかし一彩に伝えるには、こういう言い方がいいと思うし、実際一彩もおずおずと頷いている。

ルークはその反応に勢いを得て、片手を伸ばした。

「じゃあ、とりあえず——」

「まだだめだってば！」

振り出しに戻る——と項垂れそうになったルークは、ちょっと恨みがましく一彩を見た。

「まだ、って……いつならいいわけ？」

「……お風呂入ってから」

「はあっ？　風呂⁉」

消え入りそうな一彩の声に、ルークは被せ気味に声を上げた。

今すぐにでも解決できる条件に、ルークは拍子抜けしたのだが、一彩はむきになって言い返してきた。

「だって！　ここのところゆっくり身体を洗う時間もなかったんだもん！　汚れてるし、絶対臭い。ねえ、俺臭くなかった？」

そういえばクリエーターは締め切り間際になると、寝食といった人間の基本的な活動すら叶わなくなると聞く。そうなったら、風呂なんか使っている場合ではないのだろう。

一彩がコンペに懸けて頑張っていたのは、今しがた聞いたとおりだ。改めて見れば、どことなく線が細くなったような気がする。

「いや、相変わらずいい匂いで——」

「嘘！　そんな慰め言わなくていいから！　ああもう、どうしよう。お願い、ルーク！　お風呂貸して！」

「あ、はい、どうぞ……」

臭いなんてとんでもない、いつも以上にルークを惑わす芳香を漂わせていたのだが、一彩が聞く耳を持ちそうになかったので、二階のバスルームに案内する。ルークの寝室に隣接したバスルームが、いちばん広くて使い勝手がいい。

あたふたとバスルームに駆け込んだ一彩を見送って、ルークは階下に引き返した。キッチンに入って、冷蔵庫や棚を物色する。基本的に料理はしないルークだが、たまにSNSにアップするために、ちょっと変わったTVディナーや、レトルトの類いは買い置いていた。

「んー……これかな……」

器にオートミールをざらっと盛り、ミネラルウォーターを注ぎ電子レンジでチンする。お粥《かゆ》ふうに柔らかくなったところで、イタリアチーズのグラナ・パダーノを削って振りかけ、軽く塩コショウした。

自分用にコーヒーを淹れ、一彩にはとっておきの中国茶をポットに用意して、すべてをトレイに載せて二階の寝室へ運んだ。

一彩はまだ出てきていなかったが、パウダールームでごそごそしている気配がする。ルークはドアをノックして、

「そこにバスローブがあるだろ。着ていいよ」

慎み深い一彩だから、着ていた服をまた着ようとするのと、匂いの間で葛藤《かっとう》しているのではないだろうか。果たしてドアが開いたときには、一彩はフード付きのパイル地のバスローブに身を包んでいた。ルークの体格に合わせたものなので、大きめなのが可愛い。

「ああっ、それ！　萌《も》え袖《そで》ってやつだろ。おかしなところに注目するもんだなと思ってたけど、いいわ、それ！」

つやつやした濡れ髪も、少しだけ覗くほっそりした脛《すね》も、超絶可愛い。萌えだ。

「ごめんね、いきなりお風呂入らせてくれなんて。人心地ついて、ちょっと落ち着いた。ちゃんときれいになってから来るべきだった。あんな汚くて臭い状態で、ルークに会いに来ちゃったなんて……反省してる」

上気した頰を隠すように袖で口元を押さえる一彩に、ルークはソファを勧めた。

「全然。さっきも言ったけど、臭くなんかないし。たとえそうだったとしても、一生懸命働いたからじゃないか。誇っていいよ。ああでも、食事や睡眠が不足してたとしたら、心配だな。腹減ってない？」

テーブルに用意された食事に目を瞠る一彩に、ルークは薫り高い中国茶をカップに注いで渡す。

「風呂上がりで冷たい飲み物が欲しいかもだけど、内側から温めたほうがリラックスできるっていうしね」

お茶を飲んだ一彩は、ほっと息をついた。

「美味しいお茶だね。あったかいけどさっぱりするっていうか、身体の中がきれいになるような感じがする」

「一彩は元からきれいだよ」

本心からそう言ったのだが、一彩は首を竦めて笑った。

「もう、ルークはうまいな。料理もできるの？　これは？」

「オートミール。ちゃんと食べてなかったなら、胃に負担のかからないほうがいいかと思って。料理はほとんどしないよ。だから味の保証はしないけど、まあそんなに手を加えてないから、だいじょうぶだと思う」

一彩は驚いたように、ルークとオートミールを見比べた。

「俺のために……？　ありがとう。でも……食べたことないんだけど……」

未体験の食物に、ちょっと尻込みしているようだ。しかしそのとき、一彩の腹が盛大に鳴った。

慌てて腹に手を当てる一彩に、ルークはスプーンを手にしてオートミールを掬《すく》う。

「ＯＫ、空腹はなによりの調味料だ、ってね。はい、あーん――」

口元に運ぶと、一彩は戸惑い気味に口を開いた。

「熱っ……あ、美味しい！」

「そりゃよかった」

今度は息を吹きかけて冷ましてから、スプーンを差し出す。

「……あの、自分で食べられるよ」

「まあ、そう言わないで。いいじゃん、こういうのも」

一彩はそれ以上なにも言わず、オートミールを食べるためだけに口を開いた。

食事を終えて、ルークがトレイをテーブルの端に寄せると、一彩が室内を見回した。

「ここが寝室なんだ……」

「ああ、そういや初めてだっけ。二階は他にシアタールームとトレーニングルームがあるよ。アニメーション映画のDVDが出たら、そこで見られるな」

一彩の視線がベッドに向いたのに気づいて、ルークは軽く咳払《せきばら》いをした。

「どうした？　腹がいっぱいになったら眠くなったとか。ベッドに行く？」

「行く……」

下心見え見えだったろうかと思ったが、一彩はふらりと立ち上がって歩きだした。

「えっ、おい、ちょっと一彩――」

まさか本気で眠るつもりなのかと思うくらい、一彩の後ろ姿はふつうで――そう、就寝のために移動中という感じなのだ。

マジか！　マジなのか。でも、ここで怒っちゃだめだよな。なにしろ一彩は、すごく頑張った直後で――。

ころんとベッドに横たわった一彩が、背中を向けたまま「ルーク」と呼んだ。

「来て……」

「えっ？　あ、はい！」

あたふたとベッドに駆け寄り、そこで立ち止まる。来て、とはどういう意味なのだろう。添い寝希望なのか、それとも——。

「……失礼します……」

そっと一彩の隣に横たわると、かつてないほどの甘やかな芳しさに、背中がむずむずした。それが手足の先まで痺《しび》れのように伝って、ルークは低く呻く。

ふいに一彩が身体ごとくるりと回転し、視線を合わせてくる。

「なんか……ごめん。すごく緊張してるんだ。おかしなことしても、笑わないで。ルークを好きなのはほんとだから……」

「……ええと、それはつまり……先に進んでもいいってこと……かな……？」

一彩は目を伏せて、小さく頷いた。

「よろしくお願いします……」

「こちらこそ！　不束者《ふつつかもの》ですが！」

「なに、それ」

ようやく笑った一彩に、ルークはそっとキスをした。始まりこそ羽根のように軽く触れ合わせたのに、たちまち深く濃くなっていく。一彩の息が乱れて、わずかにチーズの風味と、中国茶の凛《りん》と爽《さわ》やかな香りがした。

しかしそれらは、一彩自身の圧倒的な香りに押しやられ、ルークは唇から首筋へと、匂いを辿るように移動していく。

バスローブ一枚の一彩は、ルークの指先ひとつで素肌を露《あら》わにした。白い胸にほんのりと色づいた乳首に、ルークの興奮が高まる。プールで目にしているのだが、陽光の下で見たあのときと違い、間接照明だけの明るさで映し出されたそれは、官能的以外のなにものでもない。触れようか味わおうかと迷い、舌を伸ばした。

「あっ、ん……」

鼓膜を擽る一彩の声に、ルークは喜びと昂りを感じた。一彩がこんな声を出すなんて、それを出させたのが自分だなんて、嬉しいやら誇らしいやら。そしていっそう一彩のことが愛しくてたまらなくなってくる。

舌先に感じる小さな粒が、きゅうっと硬くなった。感触を確かめるように何度も舌で撫で上げるうちに、思いきり刺激したくなってくる。乳暈ごと含んで吸い上げ、舌先を躍《おど》らせると、一彩は高い声を上げて身を捩った。ルークの腕に思いきりしがみついてくる。

「ああっ、や……やだ、すごっ……んんっ……」

足までじたばたさせるから、バスローブの裾がはだけて、すんなりと伸びた脚が太腿まで露わになった。もはや隠れているのは紐《ひも》を結んだ腰回りだけで、それもなにかの拍子に見えそうだ。

ていうか、見たい！

口に出したら一彩に引かれるだろうか。しかし愛する者のすべてを見たい、知りたいと望むのは、当然のことだとも思うのだ。少なくともルークはそうなのだから、ここは譲歩してほしい。

ルークは一彩の乳首を舌で玩弄《がんろう》しながら、片手を一彩の下肢に伸ばした。すべすべの内腿《うちもも》に手を当てると、一瞬一彩が驚いたように息を呑む。

そろそろと這い上がって、温かさが湿った熱気に変わったところ、それに触れた。

「あっ、ルーク……！」

腕の中でびくびくと震える身体と、悩ましげな声に、ルークは一彩のものを握って擦った。すでに一彩は勃起していて、ルークの愛撫に敏感に震える。一瞬、一彩の手が伸びてルークの手を剝《は》がそうとしたが、喘ぎとともに力なく引いていった。

予習しておいてよかった！

いや、べつに予習のつもりではなかったが、一度だけとはいえ人型での自慰経験があるから、一彩に対してもどうすればいいのかわかる。もっともほとんどはルークが一彩にしたいことを、意識せずにやっているのだが。

「わ……ぬるぬるしてきた」

滑りがよくなった分、指の動きもなめらかになって、一彩の嬌声《きょうせい》も大きくなる。

「やだっ……言わないで、よ……なんでそんな巧いんだよ……あっ、あっ……俺……っ、慣れてなくて……変じゃない……？」

なんて可愛いことを言うんだ、俺のスウィートハニーは！

ルークは鼻息も荒く鼻梁を乳首に擦りつける。今、口にしたら、思いきり噛んでしまいそうだった。

「全然、変じゃないよ。その逆。次から次へと魅了されて、理性が飛びそう……あのね、ほんとのこと言うと、俺もこれが初めてだから」

顔を上げてそう言うと、一彩はとろんとした目でルークを見返した。その目が徐々に見開かれる。

「え……？　ええっ？　そうなの⁉」

「そんなに驚くこと？」

「だって……ルークは人気者だし、モテるし……そっちもお盛んなんだろうと思ってたから。だから俺なんか相手にされないだろうっていうのもあったし、そもそも男だし——ん、あっ……や、そこ……っ……」

小刻みな震えが、握ったものから伝わってくる。蜜を溢れさせる先端の孔を指先で擽ると、一彩はせつなげに腰を押しつけてきた。それがルークの下腹に当たる。

「うっ……ちょ、そこは……」

腰を引くより早く、甘美な感触に襲われた。

「あ、ルークも硬い」

一彩の指にデニム越しに股間をまさぐられ、ルークは息を詰める。自分の手で触れたときよりも全然よくて、もう一彩を愛撫するどころではない。

「同じだ。嬉しい……」

一彩に触れられる快感を知ってしまい、その上そんな言葉を聞かされては、止める理由がないではないか。そもそもルークは、できるだけ一彩の意思を尊重したいと考えていたはずで、その一彩が自発的にルークに触れているのに、なぜ拒むのかという話だ。

「ルークも……脱いで……」

「は……、はいっ！　脱がせていただきます！」

じたじたと暴れるように下着ごとボトムスを蹴《け》り落とすさまは、とてもスマートさからはほど遠かったが、一彩が楽しげだったのでよしとしよう。

「自分以外のって、初めて触る……」

そのわりには躊躇《ちゆうちよ》なく握ってきて、柔らかく絞めつけるように擦られ、ルークは危うくそのまま射精しそうになった。

さ、さすがは人間の男だぜ……。

思春期から自慰を始めるという人間男子は、成長して伴侶を得ても別腹とばかりに自慰を続ける者もいるという。それはさておき、一彩も十年は自慰歴があるわけで、一回こっきりのルークが敵《かな》うはずもない。

「好きだから、できちゃうのかな」

息を乱しながらの一彩の言葉に、ルークははっとした。

そうなのだ。エロい気持ちもあるけれど、いちばんは相手が好きだから、感じてほしいから、こうしている。

「ルーク⁉」

ルークはシーツの上で身体を滑らせ、一彩の下腹に顔を近づけた。今しがたまで指で刺激していたものと、ようやく正式に対面する。それは感触で予想していたとおり、ルークのものより長さも太さも下だったけれど、ピンと張りつめて濡れていた。なによりルークを惑わす香りがいっそう強く、根源はここなのではないかと思う。

フェロモンと同じようなものなら、そうかもしれないよな。

「わあ、尻尾！」

「あひっ……」

いきなり尻を撫でられて、ルークは油断した声を上げた。そういえばほぼ上下逆さまに向き合っているのだから、一彩にも同じような視界が広がっているのだった。

「……か、一彩……」

「耳だけじゃなくて尻尾もあったんだね。可愛い」

可愛いと褒められるのは嬉しいが、どうせなら今は別なところに注目してほしい。

とにかくルークのほうは引き寄せられるままに舌を伸ばし、一彩のものを舐め上げた。

「ああっ……」

喘いだ一彩がルークのものを握りしめ、そこから伝わってくる快感を味わいつつ、一彩自身も味わう。パンダは川で魚を漁《あさ》ったりはしないけれど、活《い》きのいい魚のように跳ねるそれは舌に心地よく、つい頬張ってしまう。溢れる甘露を舐めつつ舌で擽ると、一彩が上ずった声を洩らす。何度か指とは違う感触が伝わってきて、おそらく一彩のほうからも口淫を試みたようなのだが、喘ぐほうに終始しているらしい。

今はそのほうがありがたいっていうか……。

幹と袋を舐めまくったルークは、本能に導かれるままに一彩の太腿を両手で摑んで押し開き、慎ましやかな窄まりに舌を伸ばした。

「やあっ、ルーク……！」

下方から悩ましげとも困惑ともつかない悲鳴が聞こえたが、ルークのほうは確信を得て、心身ともに漲《みなぎ》った。

ここだよ！　ここ！

今となっては目隠ししていても辿り着けたのではないかと思うくらい、一彩の中でもっとも強く香っているのがそこだった。声なき声に呼ばれていると言ってもいい。

ルークが半ば陶然として舌を伸ばすと、一彩は淫らに腰を揺らした。

「や……あ、あ……っ……」

声に艶が増して、ルークは急き立てられるように舌を蠢かせる。あのヤマトナデシコな一彩のこんな媚態《びたい》と嬌声は、ねだられているようにしか思えない。

「ああ、だめっ……だめ、もう……っ……」

切羽詰まった声に一彩のものを握って扱くと、全身を激しく波打たせて達した。ほとんど埋めかけていた舌が、隘路《あいろ》にきゅうっと絞り込まれる。

なんだこれなんだこれ、たまらん！　けしからん！

脱力して荒い息を繰り返している一彩が抵抗できずにいるのをいいことに、ルークはそこに指を潜り込ませた。

「あっ……や、入……って……」

「うん、入れさせて……」

逆さまの体勢を元に戻して、一彩の顔を間近にガン見しながら、指で中を探った。濡れた音が響くたびに、もわもわと甘い香りがルークを翻弄する。実際に喘いで翻弄されているように見えるのは一彩だが、ルークだってかつてない興奮に沸騰しきっている。ことに股間は滾《たぎ》りまくって、痛いくらいだ。ひとえに一彩を傷つけないように、できるだけスムーズに事を進められるようにという一心で、黙々と手順をこなしている。

「あっ、そこ……っ」

ふいに一彩がルークの肩に指を食い込ませ、かぶりを振った。しゃくり上げるように、何度も腰を揺らす。

情報を収集しているときには眉唾ものだったが、本当にこんなところに感じる場所があるらしい。まるでダイヤモンド鉱脈でも探り当てたような気分で、ルークは「YES!」と指を引き抜いた。

最初は戸惑いを見せていた一彩が、指を抜かれて困惑したようにルークにすがりついてくる。身体の火照《ほて》りを持て余しているのか、せつなげに身を捩る。

その耳元で、ルークは囁いた。

「愛してるよ、一彩……ひとつになりたい……」

言葉はなかったが、震える熱い吐息を返されて、ルークは一彩の中に押し入った。挿入は容易ではなかったけれど、それでも少しずつ重なり合い、ついに根元まで埋めた。

深く息をつくと、一彩が目を開く。

「……ひとつになったね……」

「ああ……」

「気持ちいい？」

「うん、最高に。でも、それより……嬉しくて、幸せでたまらない」

互いを抱きしめ合うと、一彩が感じ入った声を洩らした。

「あっ……すご……なんか、当たる……」

「ここ？」

「やあっ、お、押さないでっ……」

「嘘、すごい気持ちよさそう」

そうと思われるところを狙って腰を回すと、一彩の中がぎゅうっと締まる。ルークは眩暈《めまい》がするような快感に、腰の動きを大きくした。

「だめ、だめだって！　あっ、ああっ、そんなにしたら、……また……」

「また、なに？　いっちゃう？」

すると一彩は耳まで赤くして、ルークに額を押しつけた。

「だって俺……初めてなのに……すごく感じちゃって……恥ずかしい……」

そのしとやかながらも艶っぽい様子に、ルークは琴線を強く弾かれた。こんなにも可愛い相手が自分の恋人だなんて、世界中に感謝したい気分だ。

「恥ずかしがることなんかないだろ。一彩を感じさせたくてこうしてるんだし、気持ちよくなってくれるほど嬉しい。それで俺も感じてる」

「ほんと……？」

黒目がちの上目づかいなんて反則だ。めちゃめちゃにしたくなる。

「……ていうか、我慢できないっ……」

ルークは一彩の太腿を抱えて、欲望のままに突き上げた。

「ああっ、ルーク……！　そ、そんな……」

もう待ったは聞かないし、その必要もないと思った。ひたすら一彩を味わって、感じて、自分もまた一彩に想いを伝えるのだ。

震える媚肉に締めつけられ、しょせん初心者のルークは呆気なく上りつめた。ほぼ同時に一彩が達して、ともに浮遊感を味わう。

重なり合ったまま、互いの息を奪うようにキスをした。舌を絡め合うと、相手の身体に手が伸びる。一彩はルークの肩や背中をまさぐっていたが、ルークは硬く尖った乳首が気になって、それを指で捏《こ》ねる。

「……んっ……」

唇が離れ、一彩が仰け反る。

「あ、締まった」

「そ、そっちこそ、また大きく――」

まだ繋がったままの腰を、ルークは深く進めた。

「うん、続き、しようか」

「もう今日は終わり！　続きは翌日以降に繰り越し！」

一彩にそう言われてしまうまで、何度続きをしたのだろう。

ぐったりとベッドに寝そべる一彩の身体を拭《ふ》いて、ルークはすっかり冷めてしまった中国茶のカップをベッドに運んだ。

「あ……そういえばこの香り、一彩の匂いにちょっと似てるな」

「ええっ、俺、匂うの？」

「言ったことなかったっけ？　最初からいい匂いした」

進化種が伴侶《はんりょ》を見つけるときの手がかりとなる匂いについて、ルークが説明すると、一彩は不思議そうに頷いた。

「ふうん、そうなんだ」

「俺は最初から好きだったたってことかな」

ちょっと得意になってそう言うと、一彩はソファの上を指さした。

「スケッチブック取って」

「ん？　ああ」

ルークがスケッチブックを手にベッドに戻ってくると、一彩は手のひらを向けた。

「ああ、なに？　採用されたキャラクター？」

スケッチブックにはそれらしいイラストが描かれていたが、数枚捲《めく》ったところで、ルークは目を見開いた。

「……これ……」

次も、そのまた次も、ルークをスケッチしたものが出てくる。パンダではない。人型のルークだ。

「俺……人型でポーズとってないよな？」

確認するまでもなく、いつだってパンダ姿だった。

一彩はこくりと頷いて、そっとルークの手を握った。

「パンダを描かなきゃいけないのに、気がついたらルークのことを描いてた。溜まりに溜まってこの始末だよ。最初に描いたのが――これ」

ページを捲ったそこには、ヘッドフォンをしてターンテーブルに向かうルークが描かれていた。

「助けてもらったあの日、ルークが帰ってから、いてもたってもいられなくて、夢中で描いたんだ。俺だって、あのときからきっと……」

ルークのことが好きになってた――という言葉に、ルークはスケッチブックを放り出して、一彩を抱きしめた。

「ああ、もう！　これ以上俺を嬉しがらせてどうするつもりだ？　俺はアメリカ一、いや世界一幸せな男だよ。うん、アイドルにふさわしい」

この喜びをどう伝えたらいいのだろうと考える間もなく、ルークの手は一彩の身体をまさぐり始めた。

「ちょ、ちょっと、ルーク！　繰り越しだって言っただろ！　俺はもう――」

「一彩はじっとしてていいよ。俺が全部気持ちよくしてあげる」

そう言われたところで、いざ事が再開してしまえば、一彩だってじっとしていられるわけもなく、寝室には夜明け近くまでシーツが擦れる音が続いたのだった。


翌年、『スパーク』の最新作アニメーション映画『パンダ・イン・USA』が完成し、今日はロサンゼルス中心街のシアターで試写会が行われた。

上映に先立って、監督を始めとした制作チームや声の出演者の紹介と挨拶があった。

客席に座ったルークは、ステージにずらりと並んだ関係者のひとりをじっと見つめていた。

いつも地味な――ときにダサくもある――格好の一彩だが、今日ばかりはルークが張り切ってコーディネートをした。光沢のあるシルクウールの黒スーツに、黒のシャツ、蝶《ちょう》ネクタイとカマーバンドは白で、パンダカラーだ。

ああ、もう！　もっと堂々としろよ！　一彩がいちばんイケてるから！　声優も主題歌歌手も目じゃないぞ！　なんたって俺の恋人だからな！

順に名前が呼ばれ、ひと言ずつ挨拶が述べられていく。

「次は当社のニューフェイス！　主役のパンダのキャラクターデザインを手がけた、カズサ・オイカワ！」

拍手とともに、一彩がぺこりと頭を下げる。ルークが張り切って、ひときわ大きい喝采《かっさい》を送ったのは言うまでもない。

「協力してくれた恋人に感謝します。どうぞ皆さん、映画を楽しんでくだしゃい」

おお、一彩！　Lの発音ができたじゃないか！　まだ怪しいところも多いけどな！

ルークはいっそうの拍手を送った。

END

CROSS NOVELS

ボディーガード

ANIDAN

Presented by Mari Asami with Ryou Mizukane

父が持ち帰った籐《とう》のバスケットから飛び出したのは、茶褐色の地に黒い斑点《はんてん》模様がついた仔猫だった。鼻の両脇もひげのように黒く、コミカルな柄だ。

「可愛い！　どうしたの、この子！」

頭を下げてペルシャ絨毯《じゅうたん》の匂いをふんふんと嗅ぎ回る様子に、水《スイ》は驚きの歓声を上げげた。

「親とはぐれた迷子だよ。スイ、おまえが代わりに世話をしてやれるか？」

「ぼくの？　ぼくの猫なの⁉」

父は微笑んで頷いた。

「そうだ、おまえの相棒だ。けどスイ、この子は猫じゃない。クーガーの仔だ」

「クーガーって、あの？」

クーガーはアメリカ大陸に広く生息するネコ科の大型獣で、人為的なものも含めたさまざまな理由で、近年急速に数が減り、ことに北米大陸では絶滅の危機に瀕《ひん》していた。スイも動物園で成獣を見たことしかない。

「そうかあ、おまえ、猫じゃなかったんだ。どうりで変わった柄だし、うわ、肢《あし》も太い！」

スイが抱き上げると、仔クーガーは顔にしわを寄せて「カーッ」と唸った。こんなところは一人前に猛獣だけれど、なにしろサイズも小さいし、幼獣特有のあどけないくりくりの目で威嚇されても、可愛いとしか言いようがない。

なにより触った感触がふかふかで、もう手放したくなかった。このときには気づかなかったけれど、スイはずっとこんな温もりに飢えていたのだと思う。

「ダッド、ありがとう！　ぼく、ちゃんと面倒見るよ。ずっと、ずっと仲よくする」

アクア・水・マッキンレーは、ロサンゼルスに拠点を置くマッキンレー財団のトップを父に持つ、生まれながらのセレブだ。

もっともまだ十二歳のスイにとって、父の仕事や立場はあまり関係がない。通っているのも良家の子女ばかりが集う私立学校で、自分が特別だと感じたことはない。

違うところを挙げるとしたら、母親が日本人だったことだろう。そしてその母が長い療養生活の果てに、数か月前に亡くなった。

父は仕事で忙しくて留守が多く、ビバリーヒルズの自宅には週末に帰るのがやっとだった。父の妹のカレンと、住み込みのハウスキーパーと暮らしているようなもので、母を亡くしたスイが日に日に沈んでいくのが、きっと父にも感じられたのだろう。それで、クーガーの子どもを連れてきてくれたのだ。

マッキンレー財団は自然保護や野生動物保護の活動にも熱心で、スイの祖父に当たる先代当主は、私財を投じて『ビバリーキングダムズー』という動物園を開いたくらいだ。

父も時間をやり繰りして、年に一度はアフリカのサバンナやアジアの奥地へ出向き、野生動物の調査に同行している。

遺伝なのかスイも動物好きだが、病床の母の環境によくないからと、これまでペットを飼うことはなかった。母が回復するまでの我慢と思ってきたけれど、母が亡くなってからは、そんなことも頭から抜け落ちていた。

それがついに今、こうしてクーガーの子どもと一緒にベッドに入っている。ちゃんと自分の寝床で寝かせなさい、とカレンに言われたけれど、かまうものか。

「ぼくたち、もう相棒だもんな」

ふわふわした頭を撫でると、すでに眠りに落ちていた仔クーガーは、うるさそうに呻《うめ》いた。丸くなっているところなんて、まるで猫だ。

しかし猛獣なのは間違いなく、そんなものを一般家庭で飼育していいのだろうかと、子どものスイでもさすがに思う。

『しばらくは屋内だけで生活だな。その間に敷地周りにセンサーを増やし、囲いも厳重にしよう。外に出したら決して目を離さないこと。これはクーガー自身のためだ。それから、自慢目的で友だちを連れてこないこと。友だちが来たときには、クーガーを出さないこと。守れるな？』

それが父の答えで、スイは深く頷いた。ひとつだけ、疑問を投げる。

『ダッドは、ぼくがけがをしないかどうか心配じゃないの？』

『野生動物とのつきあいを学ぶのも、いい機会だ。なにを喜んで、なにを嫌がるのか、身をもって知るといい』

にやりと笑った父は、いつもの紳士然とした感じとは違って見えた。

「噛《か》まれるのも勉強ってことかな？　それとも、噛まれないようにつきあえってこと？　なあ、どう思う？」

丸い耳を指先で突くと、仔クーガーは頭を隠すように前肢を伸ばした。そのしぐさの愛らしさに、スイは忍び笑いをしながら、そうだ、名前を決めなくてはと思う。

翌朝、ひと晩かけて悩み抜いた名前で、仔クーガーに呼びかける。

「クライド、おはよう」

若干の寝癖をつけた仔クーガー――クライドは、まだ寝足りないという顔でスイを見返した。

「今日からおまえはクライドだよ。わかった？」

返事の代わりに、クライドは大口を開けてあくびをした。


クライドが立派なクーガーになれるかどうかは、ぼくにかかってる！

自分もまた育てられている最中ながら、スイは使命感に燃えた。クーガーを中心にネコ科の大型獣や、野生動物についても情報を収集し、食事も素材を吟味《ぎんみ》して自らオリジナルフードを作って与えた。

いちばん頑張ったのは遊びだ。動物の子どもは遊びながら社会性を身に付けるという。クライドに兄弟がいたかどうかはわからないけれど、今は唯一の遊び相手がスイなのだから、それこそクライドがギブアップするまで相手をした。

といっても、やることは仔猫と同じだ。いちばんエキサイトするのがリボンを振り回すことと、丸めたアルミホイルを転がすことで、それこそクライド自身まで転がってじゃれつく。

スイがブランケットの下で手を動かすことにも目がなかった。目を爛々《らんらん》とさせて身を伏せ、じっとタイミングを見計らう。そのくせ待ちきれなくて後肢をもぞもぞと動かし、長い尻尾は盛大に音を立てて床を叩く。

「うわっ、痛い！　痛いってば！　そこまで！　これ以上マジになるな！」

ブランケット越しに手を前肢で抱え込まれ、おまけにいわゆる猫キックを見舞われて、さすがにスイも悲鳴を上げる。やることは猫と同じでも、パワーが違う。爪も鋭くて強靭《きょうじん》だ。

「やったな、こいつぅ！」

「うみゃっ！」

クライドを背中から抱きすくめて、ぽやぽやした頭に顔を埋める。この柔らかい毛も、黒のブチ模様も、もうすぐ消えてしまうそうだ。野生で幼い時期に外敵から身を守るための、カモフラージュパターンらしい。

少し爪を立てて手荒く指で撫でてやると、親に舐められているような気がするのだろうか、クライドは目を細めて、喉をゴロゴロと鳴らし始めた。

この温もりがすでに馴染みになって、もはや離れがたい。できることなら学校なんて行かずに、ずっとクライドと一緒に過ごしたい。

しかし、帰宅した父にそんな話をしたら、

「それを本末転倒というんだ。最初になんて約束した？　クライドの相棒になるんだろう？　それならおまえも彼を守れるように成長すべきだと思うよ」

と一蹴《いっしゅう》された。

父の言うことはもっともだ。スイもクライドも、いつまでもこのままの子どもでいるわけではない。ということは、成長に従って関係性も変わってくる。その中で、自分がクライドにどうやって最良の形を作れるのか――先を見据えていくべきだ。

ふいにざらりと濡れた感触に頬を撫でられ、スイは我に返る。クライドはお返しの毛づくろいをしてくれているつもりらしい。

「……ふふっ、ありがと。クライド、愛してるよ」

思えば、家族以外の誰かに愛していると告げたのは、初めてのことだった。しかしクライドに対して、それ以外の言葉が見つからない。本当に大切で、大好きなのだ。

庭のリフォームが完了し、スイはクライドを抱いて初めて外に連れ出した。初めはスイの胸にすっぽり収まっていたクライドだったが、やがて首を伸ばすようにして、すんすんと辺りの匂いを嗅いだ。

マッキンレー家はビバリーヒルズでも指折りの大豪邸で、庭も広い。敷地の境目は厳重にガードしたが、深くて大きなプールはあるし、温室やガーデニング用品が入った倉庫など、かくれんぼに事欠かない場所もある。

　最近のクライドのお気に入りは、物陰に隠れてじっとして、捜し歩くスイが前を通り過ぎた瞬間に飛び出してきたり、前肢を突き出したりして驚かせることだ。

「いい？　クライド。見えないとこに行っちゃだめだよ。リードなんかつけられたくないだろ？」

　テラスにそっと下ろすと、クライドは縁まで進んで、芝生を前肢で突いた。不満そうに小さく鳴いてから、ゆっくりと歩きだす。

　すでに幼獣のころあったブチ模様は消えて、ミルクティーのような色の毛並みに変わっている。耳の裏と尾の先、口周りだけが褐色で、腹側は白っぽい。まだ成獣よりは全然小さいけれど、緑の芝生によく映えて、野生動物の美しさを感じさせた。

「……って、見惚れてる場合じゃなかった。待って、クライド！」

　スイも後を追いかける。ゆったりと左右に揺れていた尻尾が、突然前後にピンと動き、次の瞬間クライドは駆けだした。

「ちょっ、だからだめだって言ったのに！　クライド！」

　クライドは芝生の上を大きく円を描くように疾走して、焦るスイの目をまたしても惹《ひ》きつけた。が、二周ほどしたところでコースを逸《そ》れ、手近の木に駆け登った。

「マジか！」

ネコ科の習性を考えたら驚くことではないのだが、地面にいたって追いつけると思えないのに、立体的に逃げられたら、人間のスイはどうしたらいいのだ。

ユリノキのいちばん下の枝のところまで登ったクライドは、蹲《うずくま》って得意げにスイを見下ろした。手を伸ばしても届く高さではないし、スイが登って耐えられる太さかどうかも微妙だ。

しかしこうしていてもらちが明かないので、スイは幹に両手をかけた。とたんにクライドはうるんと鳴いて、上の枝に移動した。

「えっ……」

スイが追いかけてくると思ったのだろうか、素早く登っていく。やがてふいに止まって、悲しげに鳴きだした。

呆然と見上げていたスイは、眉を寄せる。

「まさか、クライド……下りられなくなったとか言わないよね？」

しかしクライドの返事は、ひたすら救助を求めるものだ。

「……木登りなんてやったことないっての！」

スイはやけ気味に両手足を幹にかけ、少しずつ登っていく。まるで来るなと言っているかのように、クライドはにゃあにゃあ言っている。しかしスイの動きが鈍ると、もっと声が大きくなるのだ。

どうにか枝に足をかけ、身体を伸ばしてクライドに近づく。

「さあ、おいで」

鳴き声こそやんだものの、クライドは枝にしがみついている。スイは思いきってクライドの首根っこを摑んだ。これもネコ科の習性か、力が抜け背中を丸めたクライドを枝から引きはがし、胸に抱き包む。

「まったく……自分の力を考えてからにしろよ」

さてどうしたものかと、辺りを見回す。スイもまた、クライドを抱いたまま降下する自信はない。なのであっさり白旗を挙げた。

「カレンーっ！　助けてー！」

その後、カレンと梯子《はしご》を持って駆けつけた庭師に、クライドもろとも救助されたスイは、「自分の力量を考えて行動しなさい」と同じように叱られたのだった。

クライドのやんちゃぶりは日増しに発揮され、枕と布団が嚙み千切られて、部屋中に羽根が舞っていたり、落とした花瓶の水で、お気に入りのTシャツが水浸しになっていたりと、スイは学校から帰ってくるたびに悲鳴を上げる羽目になった。

いたずらするということは、それだけ知恵が働くのだろう。他の個体のレベルを知っているわけではないが、クライドはかなり賢いのではないかと、スイは思う。

でもそれを他の面で活かしてくれればいいんだけど……。

最近はクライドの狼藉《ろうぜき》の後始末ばかりしている気がする。相棒どころか、スイのほうが下僕だ。

その日はインクの瓶《びん》をいたずらされて、足跡だらけになった床を拭《ふ》きながら、スイはクライドを

睨む。

「全然反省の色がないよな、おまえは。こういうことをしたらだめなんだよ」

しかしクライドは己の仕業などすっかり忘れているようで、スイが帰ってきたことにはしゃいでいる。跳ねるようにスイの周りを移動して、じゃれ合う機会を窺《うかが》っていた。

掃除を終えるとスイはクライドを捕まえ、隣接するバスルームへ向かった。床に下ろすと、クライドは物珍しそうに匂いを嗅ぎ回っていたが、シャワーの水音にびくりとして振り返った。

「そういや、風呂は初めてだよな。よし、ついでにシャンプーしてやる」

ぬるめのお湯をかけると、クライドは今まで聞いたことがない声を上げげた。必死に壁にしがみつくが、大理石には爪が立たず、シャワー攻撃にこの世の終わりのような鳴き声を響かせた。

中型犬ほどに成長したクライドは力も強くなり、スイは手足に引っ掻き傷を作って、ようやくクライドをバスルームから出した。濡れた身体を夢中で床に擦りつけるクライドを、追いかけてタオルで拭いてやりながら、また床掃除をしなければならないなと、スイはため息をつきながらも楽しい。


そんな日々が突然終わりを告げた。

ある日、スイが学校から帰ってくると、室内にクライドの姿が見えなかった。スイがいない間は、いつもクライドはスイの部屋に閉じ込められている。

「……クライド？　ただいま」

またかくれんぼかと思って、足音を忍ばせてベッドの下やカーテンの陰などを覗《のぞ》いてみたが、見つからない。バスルームに続くドアを振り返ったが、あれ以来、スイの入浴中もバスルームには寄りつこうとしないので、それはないと思う。それでも念のためにドアを開けて、いないことを確かめた。

「ダッド、クライドがいない！」

部屋を飛び出して書斎に行くと、父がデスクの前から立ち上がった。来週また海外出張があるとのことで、昨日から自宅に戻ってきている。

「スイ、話をしよう。ちょっと座って」

クライドがいないと言っているのに、落ち着いている父の様子に、スイは胸騒ぎを覚えた。母がいよいよ危なくなったときも、同じように話をしたのだ。

「……クライドを捜さないと……」

後ずさるスイに、父は首を振った。

「クライドはもうここにはいない。野生動物の保護施設に移った」

「えっ……」

クライドが……いない……？

「……いつ？　いつ帰ってくるの？」

できるなら今すぐ迎えに行きたいスイに、父の言葉は非情だった。

「野生動物にとって、いちばんいいことはなんだと思う？　少なくとも人間にペットのように飼われることではないとわかるだろう？　本来生きるべき場所で、本来の生き方をするのが、いちばんいいんだ」

つまり、クライドを野生に返すということだろうか。もう二度と会えない？

「だって！　親とはぐれたんだよ？　それからずっとここにいたのに、ごはんだってぼくが作ったのを食べてたのに、ひとりで生きていけるわけないじゃないか！」

「生きていくための訓練をして、それからだ。クーガーも絶滅の恐れがある動物なんだよ。一頭でも多く野生にいることで、数が増える可能性も増す」

父の言っていることは理解できた。しかし——。

スイは涙をこらえるために拳を握りしめた。

「ダッドが言ったんじゃないか！　ぼくとクライドは相棒になるんだって……だからぼく……」

言葉が続かない。唇が震える。もうスイがなにを言ったところで、クライドは行ってしまったのだ。

「そばにいて離れないことでしか、相棒になれないわけじゃない。会えなくたって、クライドのためにできることはあるだろう？　それは必ずクライドにも伝わる。いつか再会することだってあるかもしれない」

それはなんの慰めにもならなかった。スイが望むのは、クライドがすぐそばにいて、触れられて、じゃれ合えることだ。

「……それなら、最初からクライドを連れてこなければよかったんだ。こんなことになるなら、会わなきゃよかった……」

一度堰《せき》を切った涙は、後から後からこぼれてくる。スイが泣くのも、母を亡くして以来のことだ。

スイの嘆きが予想以上だったらしく、父は困り果てたように眉を寄せる。

「寂しいなら、代わりに犬か猫を飼ってもいい」

「いらないっ！　もう……、もう動物なんか飼わない！」


はっとして目を開けると、カーテン越しの陽光が室内を明るくしていた。朝もだいぶ遅い時間らしい。

スイはベッドに身を起こし、額を押さえる。

なんて夢だ……久しぶりに見たな。

おそらく実家に帰ったせいだろう。最近はめったに思い出すこともなかったのだ。

スイはベッドを出て、カーテンを開けた。窓も開けて空気を入れ替える。ボストンと違って、空気がからりと爽《さわ》やかだ。

スイはアメリカ屈指の名門、バーナード大学進学を機に実家を出て、今はボストンで独り暮らしをしている。ビバリーヒルズのこの家に戻ってくるのは、夏と冬の長期休みのときくらいだ。

正直なところ特に帰省したくもないが、あまり使わずにいると建物にもよくないらしいので、半ば義務感で帰っている。なにしろスイが大学に進学してから、父は帰宅する必要もないと思ってか、国内外のオフィスを転々として、その近くのホテルを自宅代わりにしている。叔母のカレンもスイのお守りは終わったと、遅まきながら結婚してマッキンレー家を出た。

今では定期的にハウスクリーニングが入るだけになってしまって、スイが帰ってきても迎えてくれる人もいない。

まあ、それを寂しがる歳でもないし、そもそもふだんからひとりだ。マンションとは比べものにならないほど広いので、戸締まりは大変だが。

なにかが落ちた軽い音が聞こえて振り返ると、床に黄色いゴムボールが転がっていた。棚から落ちたらしい。スイは懐かしく思いながら拾い上げる。

「あー、ペコペコだ。そうか、もう九年……？　そんなに経《た》つんだなあ」

独り言を呟いて、ボールを棚に戻した。ずっと置いたままになっていたのも忘れていたくらいだ。

クライドのいちばんのお気に入り。興奮しすぎて、唸りながらこのボールを追いかけ、じゃれついていた。犬のように、スイに投げろと目で訴えてきた、短い間の相棒。クーガーの子ども。

クライドとの別れを嘆いていたのは、短かったと思う。できるだけ頭から締め出したのだ。考えると悲しくて寂しくて、胸が張り裂けそうだったから。

心の隅っこの箱に全部しまい込んで、二度と開けないと決めた。

それでもなにかの弾みにふと思い出すことはあるけれど、もう動揺はしない。ただそういうことがあったと、事実を振り返るだけだ。そうすることにしている。

スイはTシャツとデニムに着替えて、階下のキッチンへ向かった。帰省を伝えておいたので、食料もひととおり買い揃えられている。

とりあえずコーヒーメーカーをセットして、出来上がるのを待つ間、ダイニングテーブルでスマートフォンを弄《いじ》る。

「……わ、マジだった。こりゃ間違いなくお隣さんだ」

DJでSNSインフルエンサーのルークの自宅がビバリーヒルズだという噂は、ずいぶん前から流れていたが、SNSにアップされている最新の画像には、自宅プールでくつろぐ姿があった。その景色が間違いなく、マッキンレー家の二階から見える隣家のそれなのだ。

外をうろついていたら本人に会えるだろうかと考えながらコーヒーを注いでいると、門扉フォンが鳴る。

誰だ？　あ、そういえば……。

帰省すると父に連絡したときに、ボディガードを寄こすと言っていた。スイは必要ないと断ったのに、マンションと違って広い分、目が届かないこともあると、押し切られてしまった。

「あー、もう。めんどくさいな」

門前を映すモニターには人影が立っていたが、スイはろくに見もせずに「どうぞ。今行きます」とだけ答えて門扉を開け、玄関へ向かった。

それでも玄関ドアはまずチェーンをしたまま細く開ける。

「うえっ……」

思わず変な声が出たのは、予想とかけ離れたいでたちが見えたからだ。カーキ色のモッズコートに、キャップを目深《まぶか》に被っている。

ボディガードだと思ったのは早合点だったのだろうか。しかしそれなら誰で、なんの目的で、ということになる。

帰宅早々強盗かよ？　くそ、ボディガードが早く来ないから——役立たずだな！

とにかくドアを閉めようとしたところに、相手が口を開いた。聞く者の鼓膜《こまく》を擽るような美声だ。

「ミスター・マッキンレー？　今日からボディガードを務めるクライド・クーパーだ」

えっ……？

思わず目を瞠《みは》ったスイに、ドアの隙間《すきま》からＩＤカードがかざされる。そこにもクライドと記されていた。

……よりによって、同じ名前かよ……。

むだに神経を逆撫《さかな》でされ、スイはむっとしながらチェーンを外して、改めて玄関ドアを開く。そこで男――クライドの全貌が明らかになった。

「……でか！」

東洋の血が混じっているスイは、この国の若者としては小柄なほうで、少し分けろと言いたくなるくらいクライドは背が高かった。ガタイもいい。モッズコートの下はタンクトップとカーゴパンツで、足元はエンジニアブーツ。その体軀と服装で、休日の軍人のようにも見える。ボディガードなんてするくらいだから、実際に元軍人かもしれない。

父についているボディガードは黒スーツにサングラスで、それこそわかりやすすぎるくらいなので、これはこれであからさまでなくていいのだろうかとも思うが。

「アクア・マッキンレーだ。これからよろしく――」

厚い胸板を辿《たど》るように目を上げると、ヘイゼルの瞳とぶつかった。キャップから覗《のぞ》く髪は、くすんだ金髪だ。年のころは二十代後半というところだろうか。

……軍人訂正！　アクション系ハリウッドスターだ！

真っ直ぐの鼻筋といい、引き締まった口元といい、シャープな輪郭といい、一般人にしておくのが惜しいようなイケメンだった。なるほど、これはキャップで隠し気味なのも頷ける。ボディガードがやたら目立っては、雇い主も面白くないだろうし、いざというときに仕事に支障を来す。ターゲットはここですよと、注目させるようなものだ。

クライドは片方の口端を上げるような笑みを見せた。

「よろしく、スイ」

「えっ……どうしてその名前を……」

ミドルネームのスイは、身内しか使わない。スイも対外的にはアクアで通している。今だってミドルネームは省いた。

クライドは事もなげに肩を竦《すく》めた。

「クライアントのプロフィールくらい頭に入ってる。きみはアクアよりスイが似合う」

よくわからないが意味深そうな目つきで、思い入れたっぷりに言われたような気がする。

なんだ？　もしかしてゲイだとか？

しかしゲイなんて珍しくもないし、個人の自由なので、スイはアプローチをかけられない限り、気にしないようにしている。

「それはどうも。でも、どっちも意味は同じなんだけど」

「えっ、そ、そうなのか？　スイっていうのはどこの――」

とたんにいい男ぶりを引っ込めて慌てるクライドを、スイは招き入れた。

その日からクライドは二階のスイの隣の部屋に寝泊まりし、行動をともにするようになった。

スイは基本的に自室か、せいぜいテラスで過ごすので、クライドはボディガードとしての働き甲斐《がい》がないだろう。体力的にも持て余しているようで、庭木を整えたり、ちょっとしたＤＩＹにチャレンジして、傾いたベンチなどを作ったりしては悦に入っている。そんなことをされても、美観が損なわれるだけなのに。

今のところ外出といったら、近場のマーケットまで買い物に行ったくらいだ。もちろんクライドもついてくる。

荷物持ちにちょうどいいと、多めに買い物をしてクライドに持たせ、散歩がてら帰る途中、向かいから犬を連れた美人が歩いてきた。

「あ、女優のエマ・クルーズじゃないか？」

隣を歩くクライドに耳打ちするが、ピンとこないようだ。

「知らない？　あまり映画とか見ないの？　まあ、中堅どころの女優だけどさ」

首を傾《かし》げるクライドは、どちらかというと彼女が連れている三匹のトイプードルのほうに関心があるようだ。しかしトイプードルたちは近づくにつれて警戒心を露《あら》わにし、しまいには道を大きく外れて擦れ違っていった。しばらくしてから、一匹がまるで捨て台詞のように「ワン！」と吠えた。

「なんだ、あれ？　クライド、嫌われてるんじゃない？」

「べつに好かれたいとも思っていない」

さらに進むと、塀の上で野良猫が二匹、くつろいで座っていた。しかしクライドを見たとたん、立ち上がって背中の毛を逆立て、脱兎のごとく塀の向こうに消えた。

「やっぱり怖がられてるんだよ」

「かまえなくてつまらないか？」

「……べつに。動物嫌いだし」

そう答えたとたん、クライドは大げさなほど反応した。

「そ、そうなのか⁉」

「びっくりした。嫌いって騒ぐほどじゃないけど、かまおうとか思わないな。動物園とかも行かないし……興味ない」

クライドはまじまじとこちらを見つめてなにか言いたそうだったが、スイはふと思い出して、言葉を続けた。

「そういや、野良猫が庭に来なくなったと思わない？　ふだん人がいないから格好の棲《す》み処《か》になってるみたいで、仔猫まで生まれてるって、清掃業者が言ってたんだ。俺が着いた日も、我が物顔で歩き回ってて、逃げるそぶりもなかったのに」

「さあ、俺は見たことがないが。それより動物が嫌いってほんとに――」

「そりゃそうだよ、クライドと入れ違いみたいに見かけなくなったんだから。ねえ、マジで犬や猫に嫌われてるんじゃない？」

「……そういうことにしておいてもいい。さあ、帰ろう」

しつこく揶揄《からか》いすぎただろうかと、歩きだしながらスイは少しだけ反省する。どうしてだか、クライドにはじゃれつくように絡んでしまう。これは珍しいことだと言っていい。

十代半ばにはオリエンタルクールというあだ名が定着したほど、スイは誰に対しても素っ気なく、友人とのつきあいも通りいっぺんのものだ。自分から話しかけることも少なく、ましてや冗談を言うことなんてほとんどない。

ボディガードなんてウザいと思っていたから、クライドに対しても最低限の関わりにするつもりでいたのだ。どうせ夏休みの間だけのつきあいだし、無視を決め込んでも困ることはない。

それがほんの数日で、すっかり共同生活者の間柄になってしまった。今では視界からクライドが消えると、捜してしまう。

だからといって、クライドが好きなわけでもない、と思う。もちろん嫌いとは言わないが、意識としては自分のボディガードというだけだ。

それなのになぜだろう、気づけば自分のほうから近づいたり、話しかけたりしている。

帰宅すると、クライドはまず荷物をキッチンへ運んで、それぞれの場所へ片づけた。買い物のメインは食料で、しかもレトルトや冷食ではない。

「チキンのクリーム煮とチョップドサラダでいいか？　足りなければ、ボロネーゼソースが残ってるから、パスタを茹《ゆ》でる」

「ううん、バゲット買っただろ。それでいい」

そう、このボディガードは料理も堪能だった。DIYの才能は今ひとつだが、料理は巧い。独り暮らしのマンションで自炊もせずに、外食かTVディナーで済ませているスイは、思わぬところで手料理にありつけることになった。

「じゃあ、サラダはスイの担当な」

「ええー」

不満の声を上げながらもアイランドカウンターに近づいたスイの前に、セロリ、キュウリ、トマト、ムラサキキャベツといった野菜が並べられる。

「何度も言うけど、やったことないんだってば。細かくすればいいの？」

「そうそう。そのわりには手つきがいい。まったくの未経験ってこともないんだろ？」

「んー、人間の食べ物はないよ」

不揃いながらも細かく刻んだ野菜をボウルに移し、クライドの指示に従ってドレッシングも作ってから解放された。

まだチキンの下ごしらえを続けるクライドをキッチンに残して、スイはリビングのソファに寝転び、スマートフォンを操作する。ルークのSNSをチェックすると、家が写った画像はなかったが、耳つきヘッドフォンをつけてDJブースで格好をつけているインフルエンサーがいた。

「あ、これってどうだ？」

スイは思わず独り言を口にする。

実はとても気になっていることがあった。クライドの帽子だ。初日のキャップに始まり、たっぷりと弛《ゆる》みのあるニット帽など数種類をとっかえひっかえしているのだが、常になにかしらを頭に被っている。それが家の中でも変わらない。ということは、スイはクライドが帽子を取ったところを一度も見てない。

まあ、似合わないわけではないけれど、なぜそんなに頑《かたく》ななのかと疑問が湧《わ》く。取り替えているということは、くっついているわけでもないのだし。

いや、そんなばかな話は、子どもだって信じないだろうけど。

帽子を脱がないのは、脱いだところを見られたくないからだと思うのが当然で、頭を見られたくないといったら――。

ハゲ……しかないよな。

イケメンがハゲ！　ある意味インパクトがあるが、それこそ毛髪が不足していてもセクシーだと人気のあるハリウッドスターだって、けっこういる。気にすることはないと思う。まあ、今のところそういう不安がないスイだから、言えることかもしれないが。

すでにハゲ前提で考えてしまっているけれど、励《はげ》ます（ハゲだけに）にしても、現状を確認しなくては始まらない。違ったら、それはそれでいい。

その確認も、面と向かって帽子を取ってみせてとは言いづらいので、ヘッドフォンを買って着けさせてみせるというのはどうだろう。帽子を取らざるをえない。

そうと決まったら、ポチっと……。

マゾゾンで見つけた耳つきヘッドフォンの決済をしていると、視界の端をなにかが通り過ぎたような気がした。

ん……？　なに、今の――。

スイは跳ね起きて、リビングを見回した。夕暮れどきで隅のほうは暗く沈んでいるが、目を凝らしてもなにかが潜んでいる気配はない。

気のせいだろうか。しかしたしかに先ほどは、その気配があったのだ。だがテラスに通じるガラス戸も閉まっていて、外から動物が侵入できるはずもなかった。

「スイ、いつでも食べられるぞ。どうする？」

そこにクライドの声がして、スイははっと振り返った。

「あ、クライド。ねえ、なにか見なかった？」

「なにかって、なにを？」

「だから犬とか猫とか」

もどかしく返すと、クライドは肩を竦《すく》めて笑った。

「俺に犬猫が近づかないと言ったのは、そっちだろう」

まったく相手にされなくて、やはり気のせいだったのだろうかとスイは首を傾げた。

「なにをまた無駄づかいしたんだ？」

ひょいとスマートフォンを拾い上げたクライドが、画面を見て眉をひそめる。

「あ、知ってる？　今流行ってるやつ。ひとつ持っとこうと思って」

「あのチャラいSNS男が広めたやつだろう？　マジで無駄づかいだな」

「そんな言い方しなくたっていいじゃないか」

絶対ヘッドフォン着けさせてやるからな！　ついでにハゲてたら笑ってやる。励ますなんてナシだ。

――と思ったものの、マゾゾンからは品切れ入荷未定の連絡が、後日届いたのだった。


それからもたびたびスイは、動物の気配を感じた。絶対いる、と思って今度こそ見失わないようにタイミングを待って振り返っても、そのときには忽然《こつぜん》と消えている。

そう小さな生き物ではないような気がするのだ。少なくとも猫サイズではない。となると犬か、あるいは野生動物――コヨーテとか。

無駄に広い家なので、動物の一匹や二匹紛れ込んでいても不思議はないが、それが野良猫の消えた原因だったとしたらどうだろう。つまりそれくらい危険な動物が身近にいるということだ。

「やっぱりなにか家の中にいると思う」

朝食の席でスイがそう言うと、クライドはパンケーキを喉に詰まらせた。

「……またその話か。そんなわけないだろう。俺というボディガードがいるんだぞ」

「それは……そうなんだけど……」

あまり本来の職務の力を発揮するチャンスがないクライドだけれど、ボディガードとしての能力は確かのようで、先日買い物の帰りに公園を横切ったときに、どこからともなく飛んできた野球ボールを、最小限の動きでキャッチした。スイはまったく気づかず、急に手を振り上げたクライドに驚き、その手にボールが握られていてさらに驚いたのだった。クライドが摑まなければ、たぶんスイの頭かその付近に当たっていた。

あのボールに気づいて、家の中に動物がいるのに気づかないはずがない。

では、やはりスイの勘違いなのかと話は戻ってしまうのだが、そんなことはない、と思う。

絶対いるんだよ……でもそうなると、クライドが知らんぷりしてるとしか――。

そこでスイははっとした。

クライドは隠しているのではないだろうか。スイに内緒で動物を連れ込んでいて、こっそり飼っていると考えると、つじつまが合う。

ここに来てから連れ込んだのか、最初から連れてきたのかはわからないけれど。そういえば、スイが動物を嫌いだと言ったときに、妙にしつこく訊き返そうとしていた。嫌いなら隠しておくしかないと思った、とか。

なんなんだ……確認しなきゃならないことばかり増えてく……。

外出予定がないと知ると、クライドは庭で水撒《みずま》きを始めた。スプリンクラーが設置されているので、それを操作すればいいだけなのに、届かない場所もあると言って、ホースを手にうろうろしている。

水やりはいいけど、自分が水分補給したほうがいいんじゃないか？

アイスティーのグラスを用意してテラスに出ようとすると、窓辺のハンモックチェアに動物の毛が付着しているのを見つけた。思わずトレイを置いて、籐製のハンモックチェアのそばに座り込む。網目に引っかかって抜けたのか、薄茶色の毛束を指先でつまむと、少なくとも猫のものではないと思った。いや、猫だとしてもおかしい。

この椅子はスイのお気に入りで、毎日のように座っている。昨日まではこんな毛はついていなかった。

物的証拠じゃん！　初めての！

スイは奇妙な興奮を覚えて、クライドを呼んだ。

「なんだ、大声出して。虫でも出たか？　おっ、ちょうど喉が渇いてたんだ。気がきくな」

テラスに立ったままグラスに手を伸ばしたクライドは、喉を鳴らしてアイスティーを飲む。

「見てよ、これ！　ハンモックチェアについてたんだ。なんの動物だと思う？」

スイが突き出した指先に、クライドは目を瞠った。アイスティーを飲む喉が、妙な音を発する。

「やっぱりいるよね、家の中に。絶対見つけてやる！」

「いたとしても、べつに放っておけばいいじゃないか……」

「そうはいかない。うちはシェアハウスじゃないんだから」

捕まえるなら罠《わな》だろうと、スイはネットで手作りの仕掛けを探し、すぐに材料が揃いそうなものを設置することにした。

「――で、その罠がこれ？」

廊下の片隅に設置したものを見て、クライドが鼻で笑った。大きめの木箱につっかえ棒を噛ませ、棒とエサ皿を紐《ひも》で繋いである。中のエサがなくなると、重心が傾いて紐が引っ張られ、棒が倒れて木箱が被《かぶ》さる仕組みだ。

「ばかにしたもんじゃないぞ。大昔からのテッパンだ」

エサは迷った末にチーズにした。匂いも強くて気づきやすいし、たいがいの動物は好むだろう。

翌朝、スイが二階から下りてくると、果たして仕掛けが作動していた。正直なところ、目にするまで罠の件も忘れていたのだが、ちゃんと成功していたことに拳を握る。喜び勇んで駆け出そうとして、しかし慌てて足を止めた。

待て待て。罠にかかったってことは、あの中に犯人がいるってことだ。なにが出てくるかわからないんだから、慎重に行かなきゃ。

スイは足を忍ばせて木箱に近づいた。しかし先ほどから、こそとも音がしない。寝てるのか？　そんなのんきな……あ、まさか死――。

スイはかなり手前で足を止め、必死に手を伸ばして、木箱をそっと持ち上げた。敵が飛び出してくるのも覚悟して、開けると同時にダッシュで逃げる。

「……ん……？」

振り返ってみると、まるで反応がない。というか、ひっくり返った木箱がじゃまで見えない。

スイは壁に張りつくようにして、再び罠に近づいた。木箱の陰から、徐々に姿が見えてくる。それは――リビングの暖炉の上に飾ってあったはずの、青銅製のライオンの置物だった。

スイはあんぐりと口を開き、次に怒りの形相《ぎょうそう》を表す。

「……クライドーっ！　ふざけんなよ！」

応《いら》えは思いがけずすぐ近くからあった。階段の下で、クライドが手すりにしがみつくようにして笑っていた。きっと一部始終を見ていたのだろう。

スイはクライドの前に歩み寄って、睨み上げた。

「人がまじめにやってるのに、なんであんなことすんだよ。なにかあったらどうすんだ」

「心配ない」

確信もないくせに、簡単に言わないでほしい。スイはたいてい自分の部屋にいるから、出くわす可能性は低いだろう。しかしクライドはしょっちゅう庭に出ている。ここだってコヨーテとかが来ないとは限らないのだから、心配するなと言うほうが無理だ。

「でも――」

「スイのことは、俺が必ず守る。そのためにここにいるんだ」

クライドの身の危険を思っていたのに、まさか自分のことを言われるとは思いもせず、スイはどきりとしてクライドを見た。ブラウンよりもグリーンが勝ったヘイゼルの瞳に、胸がさらに締めつけられる。

え……？　え？　なんで……？


もしかして自分はクライドが好きなのだろうか――。

半年ぶりに帰省して、まさかこんなことを考えるとは思いもよらなかった。

振り返ってみれば二十一年の人生において、ちゃんと誰かを好きになったことなんてない。高校時代は周囲に影響されて女の子とつきあったこともあるけれど、そもそもが流れに乗っての行動で、相手のことを好きになってというわけではなかったので、呆気なく破局を迎えた。別れが早すぎて、触れるだけのキスをするのが精いっぱいだった。それきり浮いた話はないので、スイの恋愛偏差値は限りなく低い。たいていは十代で経験するセックスもまだだ。

それも一因なのか、果たしてクライドに対する感情が恋なのかどうかもはっきりわからない。まさか自分が同性にそういう気持ちになるタイプだったとも予想していなかった。

もしかしたらハゲかもしれないが、クライドは誰もが認めるイケメンだと思う。いや、人は見かけでなく中身だ。雇われているのになんだか偉そうな奴だと最初は思ったけれど、始まってしまえばそういうやり取りは気楽だったたし、楽しかった。

DIYは不器用だけれど料理は巧《うま》くて、職務には有能なのに抜けているところもあって、揶揄ったりいたずらしたりと茶目っ気もあって。

なにより、守ると言われて胸が高鳴ってしまった。スイだってれっきとした男なのに、守られて嬉しいと思ってしまうなんてどうなんだと思いもするけれど、どきどきしてしまうのは止めようがない。

……でも、クライドはどうなんだろう？

この気持ちが恋だとして、そもそもクライドのほうは、スイのそういう感情を受け入れる気があるだろうか。理解できない、と思われるのがふつうだろう。

クライドが恋愛相手に不自由しているとも思えない。ときどきスイにも向ける、あの男の色気を感じさせる視線で、女性たちを次から次へとたやすく虜《とりこ》にしていそうだ。

じゃあ、男は……？

もともとそんな指向がないはずのスイが惹かれてしまったくらいだから、男が寄ってくることだってあったのではないだろうか。それに対して、クライドはどう対処していたのだろう。今どきだもん、端から無理と諦めることはないいんじゃないか？　一応確認するだけでも……。なにもせずに諦めたら、きっと後悔を引きずるだろう。いや、諦められそうにない。

そうとなったら決行あるのみと、スイはその夜、クライドを酒に誘った。

「酒はいいのが揃ってるんだよ。なにが好き？」

リビングの片隅にはバーカウンターがあって、壁面の棚にジャンルを問わず名酒がずらりと並んでいる。ワインセラーにもワインだけでなく日本酒までキープしていた。

呼ばれたクライドはちょっと面食らったように、カウンター越しに棚を眺めた。

「なにがって……スイはどうなんだ？　食事のときにもなにも飲まないじゃないか。風呂上がりに飲むかと思ってビールも買ってあるけど、減ってる様子はないよな？」

す、鋭い……。

しかしここでばれては元も子もないと、スイは両手を振った。

「それはほら、なんかいるんじゃないかって気になってたから。でも、クライドが守ってくれるんだろ？　だから安心して飲もうかなって」

「そういうことなら、つきあおう」

クライドがつまみを用意してくれている間に、スイはアルコール度数を判断基準に、めぼしいボトルをテーブルに並べた。

ちょっといいスパークリングワインで乾杯し、チーズと生ハム、オリーブとクレソンのサラダをつまむ。グラスが空になるのを待たずに、どんどんクライドに飲ませて、ボトルを空にする。

「最初から飛ばしてないか？」

「シャンパンはさっさと飲まないと。つぎはこれにしようか。ロックでいい？」

グラスを変えて、バーボンをなみなみと注いだ。自分の分は、クライドの目を盗んでほとんど水だ。

「はい、チアーズ《乾杯》！」

クライドは酒の濃さにわずかに眉を寄せたが、そのまま喉に流し込んだ。

スパークリングワインに引き続いてバーボンも、ほぼクライドにボトルを飲ませた。そのころにはだいぶ目が据わってきて、皿のオリーブを妙に艶っぽい目で見降ろしていた。どうせならこっちを見てほしいと思いつつ、スイはクライドの酔い加減を量る。

「俺さあ――」

ころあいはよしと、スイは自分のほうが酔ったふりで、隣のクライドにもたれかかった。

「クライドのこと、カッコよくて好きだな」

ひくっ、と喉を鳴らしたクライドは、まじまじとスイを見つめた。酔いのせいか金色がかって見える双眸《そうぼう》に、ほとんど飲んでいないはずのスイは目が眩《くら》む。

「……カッコいいよ。今だって見惚れてる」

保険をかけて、ごまかせるような言葉を選ぶつもりだったのに、つい本音が洩《も》れた。

「どこまで本気なのか、わかったもんじゃないな」

しかしクライドはそういって含み笑いし、グラスを干した。

「なんだよそれ。俺、おかしなこと言ってる？　思ってるままなんだけど」

そう言い返して、空になったグラスに新しいボトルからどぼどぼと注いだ。

あからさまに嫌な反応はない。むしろまんざらでもなさそうな態度は、男女問わず言い寄られ慣れているからだろうか。あしらい慣れているというか。

それじゃだめなんだっての。もっとこう、白黒はっきりさせてくれないと。

スイはクライドの胸に寄りかかったまま、グラスを合わせた。

「守るなんて言われるとさ、男でもお姫さま気分っていうか、大切に扱われてる感じがして、ますます相手がよく見えてきちゃうよね。まあ、クライドはもともとイケメンだけど」

ふっ、とクライドの胸に向けてため息をつくと、クライドは喉を鳴らしてグラスを呷《あお》った。

ええっ、だいじょうぶなのか⁉　それ、氷なんて溶けかかってて、ほぼ原液……。

案の定、クライドの頭が大きく揺れた。ついでにニット帽がずれてくれないかと思ったが、目深に被っているのでびくともしない。代わりに手にしたグラスが傾いて、クライドのカーゴパンツが濡れる。

「あー、もう。クライドったら――」

ナプキン代わりにロールごとテーブルに置いてあったペーパータオルを取って、スイはクライドの膝《ひざ》を拭いた。太腿を撫で上げると、クライドは小さく呻く。

次の瞬間、スイの視界が回った。天井が目に入ったかと思うと、そこにクライドの顔が割り込んでくる。あっという間に近づいてきて焦点が合わなくなり、目を閉じたところで唇になにかが触れた。なにかというか、この状況で唇以外のものが触れるとは思えない。ごく少ない経験からしても、感触はそれだと思う。

が、そこから先は未知だった。ぬるりと唇を舐められ、えっと思って油断した隙に、歯列を割って舌が滑り込んできた。

えっ、いきなり!?

驚きすぎて抗うのも忘れ、蹂躙《じゅうりん》されるに任せていると、上顎《うわあご》の辺りにひどく擽ったいというか弱い場所があって、ようやくスイは舌で押し返すように抗った。それにクライドの肉厚な舌で絡みつかれ、喉奥が開く。

……っ、唾が……！

つうっと喉を流れ落ちていったものが、自分だけのものでないと思うと、キスをしたまま声が洩れた。濃い睫毛《まつげ》に頬を擦られ、同時に唇が離れる。

クライドはスイの両肩を強く摑んでソファの背に押しつけながら、自分はあたふたと立ち上がった。

「……クライド……？」

呼びかけに、クライドは視線をさまよわせ、軽く頭を振る。

「……飲みすぎた。お開きにしよう」

それだけ言うと、スイの返事も待たずにリビングを出ていった。

……これって、どっちなんだ？

階段を駆け上がっていく足音を聞きながら、スイはそっと指先で唇をなぞった。

キスしてしまった。しかしそれがどういう意味なのか、スイにはわからない。色仕掛けが成功したのか、酔っぱらいにノリで応じたつもりが、いつもの癖でディープなキスになってしまい、こりゃいかんと我に返ったのか、やっぱり男は無理だとキスをして思ったのか。

考えれば考えるほど、自分に不利な想像しか浮かばなくなってきて、スイは握ったままだったペーパータオルをびりびりと引き裂く。それでも飽き足らなくて、ロールごと引きちぎった。

「なんなんだよ！　俺は――」

そこで言葉が途切れる。

スイのほうは、今のキスで確信してしまった。これは恋だ。紛《まが》う方なき初恋だ。

こんな気持ちも知らないまま生きてきて二十一年。もしかしたら自分には感情面のなにかが欠けていて、一生人を好きになることはないのではないかと思っていたが、ここに来て胸苦しいほどの想いに取りつかれてしまった。

今は苦しいけれど、もしこれが実ったら、きっと天にも昇る心地なのだろう。なにより、クライ

ドがそばにいてくれるというおまけつきだ。いや、そちらがメインだ。

その可能性がゼロではないなら、さらに前進あるのみだ。はっきりとクライドの気持ちを確かめる。それでももしスイが望むような答えではなかったら――。

好きになってもらう、っていうのもアリじゃないか？

恋は不思議だ。今のところ片想いとしかいえない状態なのに、自分が強くなっているのを感じる。

一瞬だけ抱きしめられた感触が、クライドの温もりが、スイにどうしても彼が欲しいと思わせたのだ。

翌朝、スイがリビングに行くと、クライドは酒宴の後片づけをしていた。スイの気配に気づいたのか、クライドが振り返る。とたんに昨夜のキスが生々しく蘇《よみがえ》って、スイは耳が熱くなるのを感じた。それをごまかすように、テーブルのグラスに手を伸ばそうとする。

「手伝うよ」

「いや、もう終わりだからいい。それより朝食の支度ができてるから、コーヒーを注いでおいてくれ。すぐ行く」

え……？　それだけ？

スイが突っ立っていると、クライドはキャップの下でふっと笑った。

「ヨーグルトには、スイが好きなアプリコットソースをかけてあるぞ」

行け、というように顎をしゃくられて、スイは踵《きびす》を返したものの、納得がいかないイライラが湧き上がってくるのを感じた。

なんだよ、あの態度。ゆうべのキスにコメントはなし？　こっちはほぼファーストキスみたいなもんだったんだけど！

キスの感想はともかく、ちょっとくらい対応に変化があってもいいのではないか。それが気まずい感じだったとしても、こんなふうになにもなかったかのようにされるよりはましな気がする。

それともなにか？　俺とのキスは記憶に残らないくらいだったってことか？

きっとクライドは何十人という相手とキスしてきたのだろうし、スイはその中のひとりに過ぎないのだとしても、スイにとっては唯一の好きな相手とのキスだったのだ。

しかし今は嘆くよりも、むしろ闘志が湧いてくる。

よし、わかった。もっと印象的なのをやればいいんだろ。強烈なやつを。

次なる手段は、寝込みを襲う、これだ。


数日はこれまでどおりの日々が続いた。

スイのほうはこっそりクライドのタイムスケジュールを探り、壁やベランダ越しに聞き耳を立てることまでして、何時ごろベッドに入るのかも調べた。

一応、男同士のセックスのノウハウも、ネットで予習しておいた。必要だと思われるものを、買い物のついでに手に入れようとしたのだが、クライドの目を盗むのに苦労した。

「ちょっと俺、そこのドラッグストアに行ってくるから」

「なにっ？　どこか調子でも悪いのか？　医者を呼ばなくていいのか？」

クライドはレジを通したものを袋に詰めている最中だったので、どうにか振り切ることができた。

その夜、夕食を取った後にＤＶＤを一本見てから、それぞれの部屋に引き揚げた。スイはふだんの何倍もの時間をかけて全身をくまなく洗い、バスルームを出てからは服選びに迷う。

「手っ取り早く事に及ぶには、やっぱこれだろ」

結論は素肌にバスローブ。ポケットにはコンドームとローション。準備万端でときが来るのを待った。

スマートフォンのデジタル表示が深夜二時になったのを機に、スイは寝転んでいたベッドから起き上がった。足音を忍ばせてドアに向かい、ふと思って引き返し、バスルームの鏡で髪を整える。

改めて細心の注意を払ってドアを開閉し、廊下を隣室のドアへ進んだ。深呼吸してノブを摑み、少しずつ回す。途中で止めていた息が苦しくなり、うっすらと汗をかく。

汗はだめだって！　せっかくきれいに洗ったのに。

しかし足音を立てないようにと裸足なので、全部が全部きれいというわけではない。

再び息を殺してドアを開くと、室内は薄暗かった。ベッド横のスタンドライトだけが、光量を絞って灯っているようだ。

しばらくドア口で立ち止まっていると、寝息が聞こえた。よく眠っているようで、規則正しいリズムが――。

……なんか変じゃないか……？　これって、人間のいびきか？

寝息だけでなく、かすかにゴロゴロ言っているような気がするのだ。喘息《ぜんそく》とか、痰《たん》が絡んでいるとか？　特に具合が悪そうではなかったけれど。

そうだ、猫のゴロゴロに似てるんだよ。それよりもっと重低音っていうか、トラとかライオンの――。

そこまで考えて、スイははっとした。

未確認動物がいるのではないだろうか。あのハンモックチェアについていた薄茶色の毛を持つ動物が。ということは、やはりクライドが動物を連れ込んでいたのか。スイが仕掛けた罠にいたずらをしたのも、なにもいないと思わせるためだったのでは。

スイはすっかり目的を忘れて、動物を確認するために、明かりのほうに近づいた。大きなベッドにはこんもりとした膨らみがシルエットになっている。呼吸に合わせて上下しているのも見て取れた。片側に押しやられたブランケットがじゃまで、スイはさらに歩みを進める。

「……あっ……」

それは大きな獣だった。薄明かりに照らされた毛並みはミルクティーのような色合いで、息づかいに合わせて毛先がキラキラと輝く。耳の裏は褐色で、それがスイの声にピクリと動いた。のそりと頭が上がり、声がしたほうを見る。

……クーガーだ！

堂々とした体躯で、おそらく体重は百キロを超えているのではないだろうか。長い尻尾を振り上げ、ぱたんとシーツを叩く。

驚いたのもつかの間、スイはベッドにクーガーしかいないことに気づいた。どういうことだ。スイはずっと隣室の物音に耳を澄ましていたのだ。ドアは一度も開かなかった。だからクライドはここにいるはずだ。

まさか……こいつが……？

クライドを食ったのだろうか。こいつはクライドのペットなんかじゃなくて、やはり侵入者だったのだろうか。巧妙に逃げ隠れして、ついにチャンス到来とばかりに、クライドをがぶり、と——。

スイは頭の中が真っ白になった。本能のはずの逃げるということすら思い浮かばず、呆然と立ち尽くしてクーガーと見つめ合う。

クーガーの瞳が淡い光を受けて金色に輝き、図らずもクライドのものに似ていると気づいたとたん、胸が苦しくなった。

「……おまえ、なんなんだよ？　クライドは？　どこにやった？」

無意識に口から出た言葉に、クーガーは妙に人間臭いため息をついた。そして素早くベッドから飛び降りると、スイの前に立ち塞がる。

久しく動物と接することがなくても、スイにとってクーガーは特別だった。あの仔クーガーも、今はこんな姿になっているのかもしれない。ある意味、聖域と言ってもいいクーガーが、クライドを襲ったのかもしれず、今またスイ自身も危機に瀕している。

俺の思い出を汚しやがって……！

恐怖よりも怒りが勝って口を開こうとしたとき、クーガーの姿がぐにゃりと歪んだ。

「うわっ……！」

それ自体が発光したかのように感じて、スイは思わず手をかざす。

「……スイ――」

えっ……？

間近からクライドの声が聞こえて、スイは顔を上げた。そこにはクライドが立っていた。上半身裸で、ドローストリングスのゆったりしたパンツ姿――いかにも就寝中といった格好だ。

「クライド！　どこに――あれっ⁉　クーガーは⁉」

スイはクライドに近づきながら、きょろきょろと辺りを見回す。

「今……いたよな？　見ただろ、クーガー」

「俺だ」

クライドは顔をしかめて呟くように答えた。

「は……？　俺って……なに？　どういうこと？　なに言ってんの？」

わけがわからず混乱を深めるスイの肩を抱いて、クライドはベッドに座らせた。隣に腰を下ろしたクライドを見上げ、ようやく気づく。

「クライド……！　その耳……」

いつもなにかしらの帽子で隠していた頭が見えていた。ふわっとした金髪の両サイドから丸くて毛が生えた耳が飛び出している。クライドの言葉を信じるなら、クーガーの耳——ということになるのだろうか。この際どうでもいいことだけれど、ハゲではなかった。

「先に言っておくけど、偽物じゃないぞ」

クライドは証明するように、耳をぴくぴくと動かした。スイはぎょっとしながらも、困惑して首を振る。

「……でも、人間にそんな耳が生えるはずが……ああ、夢⁉　これは夢なんだな？」

膝の上で頭を抱えたスイの視界の端で、なにかがぱたんぱたんとシーツを打つ。先ほどクーガーの尻尾が立てていたのと同じ音だと気づいて、はっと振り返る。クライドの背後、腰の辺りから、優美に長い尻尾が見えた。

「いっ……」

し、尻尾まで……⁉

「夢とはつれないな、スイ。ようやく再会したのに」

「なに言って……耳と尻尾がある人間に会ったことなんかないよ！」

「そうだな。あのときは、まるっとクーガーだった」

「……え……？」

スイは目を瞠る。クライドはヘイゼルの目を細めた。

思い出のふたが開く。やんちゃでいたずら好きなクーガーの子ども。スイの相棒。ずっと一緒にいると決めて、しかしあえなく潰《つい》えた約束。

悲しくて、寂しくて、考えるのもつらくて、なかったことにしようとした。少しでも繋がるものを遠ざけたくて、ペットを飼わなかったのはもちろんのこと、動物にも近づかなかった。

それくらい、あの子が恋しくてたまらなかったのだ。

「……クライドなの？」

震える声で尋ねると、クライドははっきりと頷いた。

そこでスイは初めてクライドから、進化種と呼ばれる個体が絶滅危惧種《きぐしゅ》の中に存在するのだと教えられた。ときに人型を取ることもでき、もちろん言葉も理解し使える。

「生きる能力に特化したんだろうな。相手の人間に合わせて、何語でも話せる。バイリンガルなんか目じゃないぞ」

ちょっと得意げなクライドに、スイは頭の中が飽和状態になりながらも訊いた。

「その進化種が、なんでボディガード？　あのときは、野生動物の保護施設に移して、いずれ野生に返すって聞いてたよ」

「進化種がぽっとそれだけで存在しても、絶滅の危機回避にはならない。それを保護して研究する機関がないとな。そもそも俺たちは、どうして自分が進化種に生まれたのかってことも、どんな能力があるのかも、自分じゃわからないんだから」

「進化種を保護して研究する機関……」

スイの呟きに、クライドはその機関の具体的な規模と活動内容を説明した。

「……すごい。そんなのが一般的に知られないで活動してるなんて……」

世界規模で人種を超えて、進化種のために尽くしているなんて、人間もまだまだ捨てたものではない。

「世界的な大企業や富豪の後援者もいる。たとえば、マッキンレー財団とかな」

「えっ？　じゃあ……親父も知ってるの？」

「先代からのつきあいだと聞いてる」

そうだったのか。単なる動物好きではなかったのだ。

「スイが学校に行ってる間に、初めて人型に変化したんだ。だいたい人間に換算して物心つくころに、人の姿になって進化種とわかる。ミスター・マッキンレーは当然進化種を知っていたが、まさか俺がそうだとは予想していなかったようだ。急ぎ機関に連絡を取って、俺を連れていかせた。進化種としての育成と教育のために」

「進化種じゃなかったら、あのままずっと一緒にいられたってこと……?」

「おそらく。そのつもりで俺を連れてきたんだろうし……そのほうがよかったか?」

あのままだったら、寂しくもつらくもなかっただろう。しかしクライドが純粋なクーガーだったら、いずれ猛獣として制限をかけられることはあったはずだ。野生動物の自由を奪うことにもなったはずで——。

「……わからない……でも、会えて嬉しい」

「俺もだ」

ケモ耳でもイケメンぶりは変わらず、だからこそスイは戸惑う。

あの小さくて可愛かったクライド相手に、寝込みを襲おうとしていたなんて、俺はなんて奴なんだ! でも、あのクライドとこのクライドは、全然別な感じがして、でも同じで……。

とにかくクライドがクライドなら、邪《よこしま》な気持ちはリセットするべきだろう。最初にスイが誓ったのは、クライドと生涯の相棒になることだ。そのためには——。

「お願い!」

嫣然《えんぜん》と微笑みつつ、スイの肩に手をかけて引き寄せようとしていたクライドを、両手で押し返す。

「もう一回、クーガーになって」

「スイが望むならいつでも」

その言葉の後にスイの視界が歪《ゆが》み、いや、スイが目にしていたクライドが形を変えた。一拍の間に、堂々たる体軀のクーガーが、スイの足元に座り込んでいた。

「……クライド……」

　そっと手を伸ばすと、記憶よりもしっかりとして、しかしなめらかな手触りが伝わってきた。抱き包めるほどだった身体は、スイがしがみついてもとても隠せない。しっかりとした筋肉を覆う毛並みを撫でて、スイはクライドに抱きついた。

「クライド……大きくなったね……」

　ぬくもりが伝わってくる。懐かしくて、胸が痛い。

「……ずっと、会いたかった……大好きだよ……」

　しばらくそのままでいたが、ふいに腕の中の感触が変わった。

「えっ……？」

　次に目に映ったのは、スイを抱きしめるケモ耳イケメンで、その顔が苦笑する。

「我慢してたんだけどな……クーガーのままじゃ、スイをハグできない」

「なに言って——あっ……」

　クライドはスイを抱いて楽々と立ち上がると、ベッドの上に寝かせた。まだ腕を回されたままだったので、クライドに抱き包まれたまま横たわる状態だ。上半身裸なので、クーガーだったときよりもダイレクトに体温が伝わってくる。

　上から見下ろされて、スイはクライドに見惚れるやら、距離の近さに狼狽《うろた》えるやらで、鼓動が跳ね上がる。

「さっきの好きだというのは、この姿でも有効か？」

「……は？」

たしかにクーガーのクライドに、思い入れたっぷりに好きだと告げた。実際再会が嬉しく、気持ちは以前のままで紛う方なく本音だった。

そして今、人型のクライドとこうしていて、やはり好きだと思う。恋している。クライドがあのクライドなら、気持ちを切り替えるべきだと思ったけれど、とてもできそうにない。

だから、クーガーのクライドに言った好きとは、厳密には意味が違ってくるのだが、果たしてクライドはそれをわかって訊いているのだろうか。

でも……この前キスしたたし……ああ、でもでも！　全然ふつうだったよな？　もしかしてやっぱり憶えてない？　それとも気にするまでもない？

そうだとしたら、クライドがスイに求めているのは、子どものころと変わらない「好き」なのだろうか。今度こそ本物の相棒になる、というような。

……わからない。そして、クライドの質問もわかりづらい……言語に堪能なんじゃなかったのかよ？

「……知らないよ！」

けっきょくスイは返答に困ってそう返し、背中を向けた。

その項に、クライドが鼻先を擦りつけ、すん、と匂いを嗅ぐ。金髪に首筋を擽られ、スイは身震いした。

「やだ！　なにやってんだよ！　嗅ぐな！」

「いいじゃないか。いい匂いがする」

じたばたと暴れるスイを、クライドは包むように抱き竦めた。

その後、スイはクライドから進化種について様々な説明を受けた。いずれ完全な人型となって、人間としての生活を営むようになること。そのためのバックアップを請け負うべく、保護研究機関他が万全な体制を敷いていること。

それ以前の人型と獣型を行き来する間は、種の繁栄に協力すべく子作りに勤《いそ》しむ。進化種の繁殖能力は高く、驚くべきことに人間との間にも子どもを作ることが可能らしい。

なるほどな……だから人型になれたり、言語コミュニケーションに堪能だったりするわけか。

進化種がいちばん多く発見されるのが動物園ということもあって、リタイアするまでは展示場でなに食わぬ顔をして仕事をしている進化種も多いと知り、スイは驚愕した。見ているつもりが見られているようなものではないか。進化種も人が悪い。

「クライドも動物園にいたの？　まさか『ビバリーキングダムズー』とか……」

そうだとしたら、近くにいながら会えずにいたわけで、何年もふいにした気分だ。

「いや、俺は研究所にいた」

公園のベンチに並んで座って話しながら、クライドは首を振った。先ほどからエサを撒いているのに、クライドの本性を察しているのか、ふだんなら群がってくるハトが一羽も近づいてこない。遠巻きに恨めしそうなクルッポーという声が聞こえるだけだ。

「いつでも自由に動きたかったからな。その代わり、研究には協力した。俺の保存精子量は、所内トップクラスだぞ」

「そ、そう……」

つまり、クライドの子どもがゴロゴロ生まれているということだろうか。実際の行為は抜きにしても。それでもクライドに恋するスイとしては複雑な心境だが、進化種になにを求められているかといったら、やはりいちばんは種の存続だろうからしかたがない。

だいたい男の俺には、どう頑張っても子どもなんか産めないし。それ以前に、クライドとそんな関係になるかどうかもわからないし……。

クライドがクライドだったとわかって以来、彼の態度はちょっと変わった。スキンシップが多くなったというか。おはようの挨拶もハグつきだし、一緒にＤＶＤを見ていれば、人間椅子のようにスイを背中からホールドしているし。

人の気も知らないで、と恨めしくもあるけれど、拒むこともできない。今だって、ベンチの背もたれに腕をかけているのだが、指先はスイの肩を弄《もてあそ》んでいる。

いったいなにがしたいんだ、こいつは……。

好かれているのは確かだと思う。ただその方向性がわからない。別れがなければ辿っただろう道筋を、今から穴埋めしようとじゃれついているのか。お互いにもういいおとなだから、あからさまに取っ組み合うような、あるいは頬を寄せ合うようなことはできなくて、さらにおとなの色恋的スキンシップを経験済みだから、微妙にそれが交ざってしまっているのか。

「あれ？　アクアじゃないか！」

ふいに声がしたほうに目をやると、見覚えのある男が片手を上げて近づいてくるところだった。

「ああ、ジェフ。久しぶり」

「久しぶりもいいとこだぜ。高校卒業以来か」

手を出してきたジェフに、スイは軽くそれを握り返した。隣でクライドがじっとジェフを見ている。

「高校の同級生のジェフだよ。こっちはクライド」

スイが紹介すると、ジェフはクライドにも握手を求めた。

「やあ、初めましてクライド。ちょっと年上だよな？　大学の友だち？　バーナードなら浪人や留年組も多そうだ」

「……家庭教師だよ。いろいろ教えることがあるんでね」

「うっ……それは失礼」

慌てて手を離したジェフは、痛そうに手を振っている。

「それじゃ、またなアクア。休み中はこっちにいるんだろ？　飲もうぜ。連絡するよ」

ジェフが去ってから、スイはクライドを横目で見た。

「俺の友だちになにやってんだよ？　それから家庭教師って」

「アクアって呼んでた。そのくらいの仲のくせに、スイの手を握るなんて十年早い」

そ、そんな言い方されると、誤解しちゃうんですけど？

どぎまぎするスイに気づいていて揶揄っているのか、クライドはスイを閉じ込めるように、腕を回してベンチの背を摑んだ。顔が近づいてきて、スイは無意識に身構える。

えっ、いくらなんでもこんなところで？　捕まっちゃうよ。

しかしスイの予想に反し、クライドは微妙にスライドして、耳元で囁いた。

「家庭教師は……言っただろ。教えることがあるんだよ」

いろいろと、とほとんど吐息を吹き込まれ、背筋がぞくりと震えた。

「さ、そろそろ行くか」

すっくと立ち上ったクライドを、スイはベンチからずり落ちそうになりながら見上げた。

……た、立てそうにないんだけど……。

買い出し一辺倒でなく、映画を見たり外食したりと、クライドと出歩くことも増えた。ボディガードの名目でやってきただけあって、また「守る」と言うだけあって、クライドは常にスイに目を配っている。

しかしそれがあからさまでないので、スイとしてはデートを楽しんでいるような気分になる。肝心のクライドの本心はわからないままなのが、すっきりしないといえばそうなのだけれど、あえて答えを知ることでもないような気もしてきた。

スイに好きかと訊いておきながら、それらしい行動に出ないことが、答えのようなものかもしれない。気持ちに応えることはできないけれど、気分だけでも味わわせてやる——そんなスキンシップなのではないか。

クライドが戻ってきてくれただけでもありがたいのに、これ以上望んだらわがままってもんだよな。

その代わりというわけではないが、クーガーのクライドを存分に堪能することにした。

楽々と人型に転じ、その姿で日常生活を送ることも可能な進化種だが、やはり基本は本来の獣型が居心地はいいのだろう。スイが部屋に忍び込んだときに、クーガーになっていたのがその証拠だ。

というわけで、双方にとって win-win だろうと、庭に出てじゃれ合うのが日課だ。

「ちょっと！　マジになるなよ！」

　クライドに追いかけられるスイは、必死に逃げ回る。本物の猛獣のようにがぶりとやられることはないとわかっていても、ノッてきたクライドは顔が怖い。

　スイは手近の木にしがみつき、力を振り絞って登る。後から気づいたが、この木は思い出のユリノキだった。九年を経て、木もずいぶんと大きくなった。

　クライドは幹に前肢をかけて伸び上がる。爪先に届きそうで、スイはさらに上の枝に足をかけた。次の瞬間、クライドは一気に駆け上ってきた。

「うわあっ、反則だ！　登れるのかよ！」

　ユリノキ全体が大きく揺れる。大きく育ったといっても、こちらもまた大きく育ちすぎた感のあるクーガーに登られては、たまったものではないだろう。

　ぬっと得意げな顔を近づけたクライドに、スイは片手を上げた。

「わかった、降参。追いかけっこは俺の負けだ」

　クライドは目を細めて、スイの頬をべろりと舐めた。

「わっ、痛いって」

　すかさず頭突きをされ、なめらかな毛並みで手荒に擦られる。低くゴロゴロと喉を鳴らす音が聞こえた。楽しんでいるのが伝わってきて嬉しく、今度はスイのほうからクライドの首にしがみつく。

「あ、いけない。塀の向こうから見えちゃうかも。クライド、下りよう」

なんといっても隣人がＳＮＳインフルエンサーのルークだ。こんなところを撮られて、「これからのペットは断然猛獣派！」なんてコメントが出たりしたらヤバい。見るからに軽そうな男だもんな。やりかねない。

先に飛び降りたクライドに続き、スイもそろそろとユリノキから下りる。途中でクライドに鼻面で尻を突かれ、足が幹から滑って、仰向《あおむ》けに転げ落ちた。

「痛てっ……うわ、ちょっ、クライド！　苦し……」

体重をかけて覆いかぶさられ、全身モフモフに包まれる。髪の毛ごと頭をべろべろと舐められ、これはマジで遠目には襲われ、食われているように見えるかもしれないと思った。

「ちょっと、交代！　交代しよう」

スイはクライドの下から這い出して、その背中に跨《またが》るように寝そべった。頬を押し当てると、陽光を反射して毛並みがキラキラと輝くのが見て取れる。

こんなに美しい生き物がそばにいてくれるなんて、なんて幸せなのだろう。願わくは少しでも長く、この時間が続いてほしい。

振り返ったクライドはヘイゼルの瞳でスイを見つめ、なにか言いたげに口を開く。

「なに？　そろそろ戻る？」

少しだけ残念だけれど、人型のクライドと過ごす時間もまた、スイには楽しかった。

「クライド憶えてる？　洗ってやろうとしたら、バスルームで大暴れしたこと。今もシャンプーは苦手？　洗ってあげたいのになあ」

　廊下を歩きながら揶揄うように言うと、獣型のクライドは歩みを止めた。じっと見上げられて、スイは慌てて手を振る。

「いや、べつに汚いとか臭いとかじゃないよ、全然！　なんていうか、昔やり残した感があって、心残りっていうか、リベンジというか……」

　クライドはスイを追い越して、二階へ駆け上がっていく。

「えっ、どこ行くの？　まさか――」

　クライドはスイの部屋のドアを鼻先で開けると、奥へ進んでバスルームのドアも開け、スイを振り返った。

「……ほんと、洗う？　よし！」

　スイはデニムの裾《すそ》を捲《まく》り上げ、クライドの後に続いた。

　子どものときは感じなかったけれど、成獣のクーガーがバスルームに入ると圧迫感がある。スイは端に寄って、シャワーの栓《せん》を捻《ひね》った。

「お？　おとなしいじゃん。おとなじゃーん♪」

　濡れて色が濃くなった毛並みは、均整がとれた体軀を浮かび上がらせ、つやつやとビロードのように光っている。どんなときでも美しくて、また見惚れそうになったスイは慌ててシャンプーボトルを手にした。

「それじゃお客さん、首から行きますよー」

人型のときにふつうに入浴しているらしく、当然のことながら汚れてはいない。だからシャンプーもすぐに泡立って、もこもこになる。

「わあ、なんか可愛い」

背中から尻尾へ向かおうとすると、突然クライドは大きく身震いをした。

「うわっ、だめ！　待った！」

逃げ場のないスイは泡と水しぶきの洗礼を受けて、全身を濡らした。Ｔシャツが張りついて気持ち悪いし、デニムが動きにくいといったらない。

「あーもう、脱いじゃえ」

Ｔシャツとデニムを脱ぎ落とし、湿った下着もこの際脱ぐ。

「これでよし。後で俺もシャワー浴びよう」

そう独り言ちて、クライドのシャンプーを再開した。長い尻尾を一気に洗おうと、屈み込んで手を伸ばしていると、尻に風を感じた。

え……？　水しぶきならともかく、風……？

背後に首を捻ったスイは、クライドが尻をガン見しているのに気づいて、慌てて反転した。当然のことながら、今度は無防備な股間を晒《さら》すことになったわけだが、クライドはますます顔を近づけてくる。

「……な、なん……」

そうだった。ここにいるのはもう純真無垢《じゅんしんむく》な仔クーガーではないのだ。猛獣でもない。動物の姿で戯《たわむ》れていたから失念していたが、スイが好きなクライドなのだ。

それで……そっちはどういうつもりなんだよ……？

マッパになったスイもスイだけれど、クライドの態度もどうなのかという話だ。揶揄っているのだろうか。昔話でクライドを揶揄っておきながら、自分はガキのように全裸じゃないか、と。

……ていうか、ばっちり見られた。いや、見られてる……。

時間が経つにつれて衝撃が大きくなって、スイは身体が動かない。クライドはひたすら股間を凝視しているし、口を開いて息が荒くなってきているし、もしかしたら笑っているつもりなのだろうか。

ふいにクライドが舌を伸ばし、スイのペニスを舐めた。

「ぎゃああああっ！」

痛いとかではなく、いや、痛かったのかもしれないけれど、そんなことより舐められたという事実のほうが衝撃で、スイは脱兎のごとくバスルームを飛び出した。

あれからスイはベッドで、ブランケットを頭から被って一切シャットアウトしていたのだが、しばらくして人型のクライドがバスルームを出てきて、そのまま部屋を出ていった。

拍子抜けしたけれど、なにか言われたりちょっかいを出されたりするよりは全然いい。まともに対応できる余裕はなかった。

なにしろ初めて他人に——と言っていいのか——性器を舐められたのだ。予想もしない状況で。どういう意味だったんだろう……。

意味もなにも、揶揄《やゆ》の延長以外なさそうな気がする。たとえばあれが人型のクライドだったら、もしかしたらそういう展開なのかとスイも期待しただろう。ラブかどうかはわからないけれど、少なくとも性的な対象として見られたのだろう、という。

しかしクーガーである。あのまま事に及ぼうとしたとは考えられないし、ということはやはり揶揄っていたのだろう。

……知らないだろうからしょうがないけどさあ、こっちは童貞なんだよ。しかも好きなんだよ。あまり苛《いじ》めないでほしい……。

例によって顔を合わせるのが非常に気まずかったのだが、会わないわけにはいかないし、頑固に拒否してそのままボディガード解約なんてことになったら、絶対に後悔する。だからスイは決死の覚悟で、夕食前に階下へ向かったのだけれど、これもまた例によってクライドはなに食わぬ態度で、

「メニューはサーモンのムニエルだぞ」などと言う。

このままなかったことにする気でいるのかもしれないけれど、こんなことを繰り返されたら、ス

イはパンクしてしまう。

それでもできるだけ軽く釘《くぎ》を刺した。サーモンに下味をつけているクライドのそばに近づいて、肩で小突く。

「……エッチ。ああいうことするな」

まさかスイがストレートにクレームをつけるとは思わなかったのか、クライドは固まる。

「……ごめん、つい……」

「調子に乗りすぎなんだよ」

意外にもクライドは神妙に頷いて、黙々とサーモンを粉まみれにした。

とにかくそれで一件落着し、以後は話題にすることもなく、関係に変化もなく、人型のクライドと出かけたり、獣型で戯れたりの日々を過ごした。

ジェフから連絡があったのはそのころで、ハイスクール時代のメンバーでの飲み会に誘われた。

成人を迎えてから、マッキンレー家の次期当主としてのあり方なんてものを、スイなりに考えるようになった。もっとも今はまだ学生だから、その立場に見合った行動ではあるが、同じような身の上同士の交流も心がけている。

ハイスクール時代の同級生には大企業や財閥の子弟も多く、今回の飲み会メンバーにも名前が挙がっていたので、親交を深める意味でも参加することにした。

「じゃあ、外で待ってる」

店の近くまで歩いてきたところで、クライドにそう言われ、スイは首を振った。

「いいよ、帰っても。終わったら連絡するからさ、それでいいだろ？」

「そうはいかない。ボディガードだからな」

頑として譲りそうもない態度に、スイはため息をついた。

「じゃあ、近くの店で時間つぶしてて」

クライドに片手を振って、店に向かう。背中にクライドの視線を感じた。スイを守るという言葉に変わりはなく、それが嬉しい。

そういえば、夏休みが終わったらどうするのかな？　自由に動けるって言ってたけど、まさかボストンまでついてくるのは無理だよな……。

冬休みにはまたボディガードとして来てくれるだろうか。それとも再会できたことに満足して、これきりになってしまうのだろうか。

そんなことを考えながら入店すると、いきなり背後から肩を摑まれた。

「ジェフ。びっくりした。みんなは？」

「来ない。ふたりきりだけど、ちょっと話したいことがあって——こっち」

「え？　ひとりも？」

そう訊き返す間にも、ジェフに強く手を摑まれ、奥へと引っ張られていく。

トイレの前でふいに振り返ったジェフは、ハンドガンを突きつけた。驚きと恐怖に固まったスイの両手を後ろに回し、手首を交差する形で親指同士を括《くく》った。感触からして、物はなんてことのないプラスチック製の結束バンドだろう。コードなどをまとめてある、あれだ。しかしこの形で拘束されると、自力ではどうしても外せない。自由な他の指が届かないのだ。

「ジェフ、ふざけるな」

「しっ――」

血走った目がスイを見下ろす。続いて背中に、硬い銃口を押しつけた。息を呑むスイに、ジェフは歪んだ笑みを浮かべる。

「騒がなきゃ撃たない」

背中に張りつかれるようにして、前に進まされる。裏口のドアが見えた。

「こんなことしたら、おまえだってただじゃ済まない。今のうちにやめろ」

「すぐにやめるさ。おまえが金を都合してくれればな」

「金……？」

ジェフは金融商品に手を出し、初めは大きく儲けたものの、次第に元本を侵食して、それを取り戻そうと借金をした。しかし取り戻すどころかどんどん借金を増やすことになり、ついに親に助けを求めたのだという。

「親父の奴、なんて言ったと思う？　自分の尻は自分で拭け、だとよ。息子に出す金はびた一文ないってことだよ、あの業突く張りが！」

裏口を出たところに古い車が停まっていて、スイは後部座席に押し込まれた。

まずい！　このままじゃクライドに気づいてもらえない！

運転席に座ったジェフは、エンジンをかけて急発進する。なんとか起き上がろうとしていたスイは、その衝撃でひっくり返り、もう一度最初から起き上がる苦労を強いられた。

「ジェフ、よく聞け。借金は罪じゃない。少しずつでも返せばいい。けど、誘拐はれっきとした犯罪だぞ。だいたいおまえ、ちゃんと親父さんと話したのか？　借りるなら借りるで、きちんとした返済計画とか――」

「うるせえよ！」

「うわっ……！」

大きくハンドルを切られ、スイはドアに押しつけられる。ちょうど指先がノブに触れたから、開けようと試みたが、チャイルドロックがかかっているようだ。

「おまえの説教なんか聞きたくない。黙って金を出せばいいんだ。大事なひとり息子だからな、すぐに出してくれるだろ」

「うちの親だって同じだよ。甘えたこと言うなって、一蹴されるに決まってる」

車は交通量の多い本線を逸れ、高台へ向かう。すでに店の明かりは遠い。

ああ、もう……どうしたら……。

せめてポケットのスマートフォンに手が届いたら、クライドに連絡を取れるかもしれないのに。

無理な体勢でポケットに手を伸ばそうとするスイは、ドアの窓ガラスに頬を押しつける。その視線の先に、猛然と近づいてくる影が映った。

「……クライド……っ！」

一頭のクーガーが、車を目指して疾走している。

「はあっ？　クライドって、あの家庭教師だろ？　まさか追いかけてきてるのか？　どうやって！　おまえ連絡したのか⁉　くそっ……！」

ジェフはアクセルを踏みつけ、ぐんぐん加速していく。カーブでクライドの姿を見失い、スイは運転席のシートを蹴《け》りつけた。

「停めろ！　停めろよ！　クライドが――」

「停められるわけねえだろ！」

車はさらに脇道へと分け入ったらしく、にわかに地面のコンディションが悪くなった。波打つように車が揺れ、踏ん張れないスイは後部座席で転がる。

「うわあああっ！　なんだあれ⁉」

ようやくジェフもクーガーに気づいたらしく、恐怖の声を上げる。山道を走る車の両脇はそれぞれ上と下へ向かう崖《がけ》のような傾斜があって、樹木が茂っている。そこからクライドが駆け上ってきたのだ。車に追いつこうと、林の中を突っ切ってショートカットしたらしい。

「ト、トラだ！」

テールライトだけが頼りの宵闇《よいやみ》の中では、よく見えなかったのだろうか。

「ばか、ジェフ！　トラがアメリカにいるわけないだろ！」

そのとき車が大きくバウンドし、ハンドルを取られたジェフは絶叫する。

「ぶつかるーっ！」

ぶつかるって、なにに⁉　ああ、神さまっ……！

スイはできるだけショックを逃れようと身を丸めた。それでも、激しい衝撃に息が詰まる。

「くそっ……！　アクア、来い！」

車から飛び出したジェフは、後部ドアを開けてスイの襟首を掴んだ。そのまま引っ張り出され、シャツに喉を圧迫されて激しく咳き込む。

「もたもたすんな！　置いてくぞ！」

いっそそうしてほしいと思ったが、ジェフはスイの自由にならない腕を掴んで引きずった。

ふいに咆哮《ほうこう》が轟《とどろ》く。ジェフは悲鳴を上げて飛び退り、逃れたスイは腕を拘束されたまま、必死にクライドのほうへ走りだした。

「アクア！　止まれ！　撃つぞ！」

はっとして足を止め、背後を見たスイの目に、こちらに向かって銃を構えるジェフが映った。どうしようと迷っているうちに、横をクライドが駆け抜けていく。ジェフに向かっているのがわかって、スイは絶叫した。

「クライド！　だめだ！　銃を持ってる！」

スイに対しては威嚇だったのかもしれないが、ジェフは突進してくるクーガーにパニックを起こし、続けざまに銃声を響かせた。その中の一発が掠ったらしく、クライドが弾かれたようによろめく。

「クライドっ……！」

スイは無我夢中で近づこうとしたが、すぐに足がもつれて転倒した。その間もクライドはジェフに迫り、ジェフのほうは弾を使い果たしたらしく、役立たずになった拳銃を放り出して後ずさる。

スイが体勢を立て直して歩きだしたときには、ジェフは崖っぷちに追い詰められているところだった。真っ逆さまに落ちるような崖ではなく、大小の樹木が乱立した傾斜になっているのを見て、確実にクーガーに襲いかかられるよりは、まだ望みがあると思ったのだろう。ジェフは叫び声を上げて崖にダイブした。

絶叫が遠くなり、途中で消える。木が折れる音や、枝葉がざわめく音もした。運悪く傾斜を転がり落ちていったようだ。

「スイ……！」

呆然とジェフが消えた辺りを見つめていたスイは、呼び声に我に返った。人型に戻ったクライドが、自分の左腕を摑んで近づいてくる。

「クライド！　けがは!?」

「掠っただけだ。どうってことない。それより後ろを向け」

クライドはスイの背後に回ると、指を締め上げている結束バンドを歯で噛みちぎった。一気に血の巡りが戻ってきて、肘のほうまで痺れてくる手で、スイはクライドの腕を掴む。ひどい擦り傷とやけどが混ざったような痕が、血をにじませていた。スイはシャツを脱いでクライドの腕に巻きつけ、しっかりと縛る。視界がぼやけて、何度も瞬きをしなければならなかった。

「泣くな……」

「泣きたくて泣いてるんじゃない！　クライドがむちゃするから……銃を持ってる奴の前に自分から近寄ってくなんて、なに考えてんだよ！　それでけがして……その前も、車を追いかけたりして……知ってるんだよ、疾走パワーは一瞬で、スタミナは思ったよりないんだろ。それなのに……他の車に轢《ひ》かれたらどうしようかと思った……」

「スイを助けることしか考えてなかった」

クライドの言葉に、スイは目を上げた。ぽろりと頬を伝った涙を、クライドの指先が拭う。叱られた子どものような顔を見たらたまらなくなって、スイはクライドに抱きついた。

「……スイ……そんな格好でハグされると、どうしたらいいのか……」

そのとき遠くから車のエンジン音が響いてきた。

「誰か来る！　クライド、隠れよう」

スイはクライドの手を引いた。しかしクライドはその場を動かない。

そばには崖に突っ込んだ車があるし、クライドは銃創《じゅうそう》がある。しかも帽子が見当たらなくて、ケモ耳が露出していた。スイも上半身裸という格好で、どれをとっても言いわけに苦労しそうだ。

「クライドってば！」

「たぶんだいじょうぶだ」

「なにその根拠のない自信。たぶんとか当てにならないから」

押し問答の間にヘッドライトが見えて、どんどん近づいてくる。速度を落とした車はスイたちの前で停止した。

……ああもう、どうしたらいいんだ。

せめてもの足掻きで、スイはクライドの両耳を手で隠したのだが、身長差が災いして熱烈に抱き合っているような体勢に見えるだろう。これでよかったのかどうか。

車から降りてきた男ふたりは、いきなり、

「クライド？」

と声をかけてきた。

ええっ？　なんで知ってる——。

驚くスイをよそに、クライドは肯定を返した。

「けがをしてるのか？　撃たれた？」

「ああ、スイが狙われたから」

クライドは当たり前のように話をしているし、相手もクライドのケモ耳にまったく動じず、説明に耳を傾けている。

男のひとりがスイに毛布を掛けてくれながら、訊いてきた。

「ミスター・マッキンレーのご子息?」

「え……あ、はい……」

「すでにクライドの事情は承知のようですね」

ということは、そちらも……?

現場検証のように、クライドと話していた男は崖の下を見下ろしていたが、肩を竦めて戻ってきた。

「よほど運が悪くなければ、死にはしないだろう。一応事故かもしれないと通報しておくか。クライドのほうから手は出していないんだな?」

「爪痕や噛み痕が残ったら大騒ぎだろ。迷惑になることはしないと約束してる」

「OK。じゃあ、送っていく」

スイだけが蚊帳《かや》の外で呆然としたまま車に乗り込み、クライドとともにビバリーヒルズの自宅へと連れていかれた。


結論から言うと、車でやってきたのは進化種の保護研究機関の系列研究所の所員だった。クライドが最初に連れていかれて、養育された場所だ。

なぜあの場に現れたかというと、クライドが緊急連絡装置つきのＧＰＳのようなものを携帯していたからだった。スイが連れ去られた時点で、クライドだけでは対処しきれない——逆に騒ぎになる可能性を考慮し、それを避けるために対応する人員を呼び出したのだという。

帰宅すると、スイは真っ先に救急箱を摑んで二階へ上がり、クライドのけがの手当てをした。本当は医者に診せたかったのだが、進化種をふつうの病院へ連れていったら逆に面倒なことになると、クライドにも所員にも反対された。念のために所員が状態を確認してくれて、「化膿《かのう》止めと絆創膏《ばんそうこう》で充分」と言われた。

大きめの絆創膏で全体を保護したところで、スイはクライドに頭を下げた。

「ごめん、俺のせいで……」

「スイが悪いわけじゃない。すぐに追いつけなかったのがいけなかった」

「でも、よくわかったね。裏口から出たから、気づかれないと思ってた。どこにいたの？」

「店の中」

「そうか、店の——えっ⁉　店って、俺が入った店？」

驚くスイに、クライドは事もなげに頷いた。

「スイの後からすぐ入った。離れた場所から見てる分には問題ないだろうと思って」

「でも、同じ店の中って……」

「同じ席にいてもいいくらいだろ、ボディガードなんだから。まあ、けっきょく出遅れたわけだけど……」

　急にクライドが不機嫌そうな顔になったので、スイは尋ねた。

「なにかあった？」

「酔っぱらった女に、一緒に飲もうって絡まれた。それを躱《かわ》すのに手間取ったんだ。突き飛ばすわけにもいかないし」

　たしかにそんなことをしたら、そこで完全に足止めだった。しかしスイも一緒に不機嫌になる。やはりクライドはモテるのだ。そんなスイに気づいたのか、クライドが手を握ってきた。

「なにを言ったって、出遅れてスイを危険な目に遭《あ》わせたのは事実だ。申しわけない。だから、絶対に助けるって決めてた。いや、なにがあってもスイを守るのは必須《ひっす》だ」

「ボディガードだから……？」

「うん、それもあるけど――」

「クライドに危ない目に遭ってほしくない。銃で狙われたときなんて……こっちの心臓が止まりそうだった。腕をけがしたときも、悔しくて悲しくて……だからもう、俺のためでも危ないことしないでほしい」

　スイが握り返した手を、クライドはけがをしたほうの手でポンポンと叩いた。

「約束はできない。スイを守るためならなんだってする。大事だから……好きだから」

「……俺だって！」

　ベッドの上で、スイは身体ごとクライドに向き直った。

「俺だってクライドが好きだ。昔から好きだけど、今は恋愛の意味でだよ！　ついでに言えば、これは初恋だから！」

　一気にまくしたてると、クライドがヘイゼルの目で凝視していた。今さらながら、スイは狼狽える。言ってしまった。逃げ道を残すように曖昧《あいまい》なままでごまかして、自分自身のこともごまかそうとしてきたけれど、もう無理だ。

　だって……好きだから。恋してるから。

　逃げ出しそうになる自分を奮い立たせて、スイはクライドの目を見返した。

「……好きなんだ、クライドが。獣型でも人型でも……愛してる……」

　クライドはまるで愛しい者を見るように目を細めた。

「やっと言ってくれたな。俺もスイが好きだよ。愛してる」

「え……ええっ⁉　なんで⁉　俺でいいの⁉」

　両手を広げたクライドは、小さくため息をついた。

「どうしてここでそう返してくるかな。熱烈にハグするところじゃないか？　この手の行き場所をどうしてくれる」

　ゆっくりと両手が迫ってきて、スイは包まれるように抱きしめられた。

「うわ……すごい匂いがする……」

「あ、ごめん！　俺、汗かいたし、埃《ほこり》だらけだし……シャワー浴びて――」

「後で。それから、そういう意味じゃないから。スイからすごく甘くていい匂いがするんだ。進化種はそれに惹きつけられて、伴侶《はんりょ》を選ぶんだって教わった。ほんとかよって思ってた。生まれて九年経つけど、そんな匂い嗅いだことなかったからな。でも――」

クライドはスイの肩先で大きく息を吸った。

うわああっ、か、嗅がれてる⁉

「スイと再会したら、なんか気になる匂いがして……ときどきくらくらするほどだった。それを別にしても、スイは可愛くて、きれいで……そういうつもりで会いたかったわけじゃないのに、そばにいるとムラムラしてくることもあって――」

「……う、嘘だろ……」

クライドが自分に欲情していたなんて、そんなことがあっていいのか。あれやこれやは、スイを揶揄っていただけではなかったのか。

だって……俺で初めて匂いに惹かれたってことは、つまりクライドのほうも初恋ってことになっちゃうんじゃ……。

ますます、嘘だろ、だ。ハリウッドスターに張り合えそうなクライドが、これまで色恋事もなにもなく過ごしてきたなんて信じられない。周りが放っておくはずがない。その証拠に、先ほどの店でも、女性に言い寄られたと言っていたではないか。

「絶対嘘。モテるに決まってる……」

「モテるのとその気になるのは別だろ」

……そこは否定しないわけだ。

「とにかく俺は、他の誰でもない、スイにその気になってほしかったわけ。けど、なんか思わせぶりでさ。妙にモーションかけてくるから、いいのかと思って行動しようとすると、野ウサギみたいに逃げるし」

クライドはスイの肩に顎を乗せて、せつなげに嘆息した。

「気持ちが追いついてないなら、無理強いはしたくなかった。怖がられるなんてもってのほかだし……嫌がられたら、俺だって傷つく。なによりスイに、俺を欲しがってほしかった」

……し、心臓が……。

絶対クライドにも、この動悸《どうき》の激しさが伝わっているはずだ。どんなにスイが嬉しく思っているか、クライドのことをもっと好きになっているか。

「……好き。好きだよ。クライドが……欲しい」

クライドの背中に両手を回すと、強く抱きしめ返された。

「うん、嬉しい。俺もスイが欲しい。それは気持ちだけじゃないんだけど……OK？」

「……そ、そりゃあもちろん！　おっ、おとなの恋愛だから！」

スイが勢い込んで答えると、クライドは肩に顔を伏せてくつくつと笑った。そしてあっという間にベッドに組み伏せられる。

「じゃあ、さっそく——」

「えっ、ちょっ、ま、待って！　クライドけがしてるじゃないか！　今日は安静にして——」

「無理無理。スイの告白を聞いて、安静になんてできるわけない。もう大暴れの予感」

股間を押しつけられ、スイは悲鳴を上げた。

「シャワー！　シャワー浴びさせて！　これだけは譲れない！　なぜなら初めてだから！」

もうこの際、使えるものはなんでも使う。二十歳を過ぎて童貞だということも、免罪符にする。

「そういうもん？　じゃあ、俺もシャワー浴びよう」

そう言ってクライドが身を起こしたので、スイはその隙にベッドから滑り下りた。

「クライドは関係ないだろ。シャワーくらいひとりで使わせてよ。心の準備を——」

「心配ない。初めてなのは俺も同じ」

バスルームのドアに向かっていたスイは、足を止めて振り返った。クライドは上機嫌の笑顔で近づいてくる。

「同じって、そんなばかな……凍結精子も溜め込んでるって……」

「精子採取なんて、簡単なことだろ。ていうか、相手が必要なことじゃない。エッチしたいと思ったのは、スイが初めてだから」

背中を押されて一緒にバスルームに入り、クライドに服を脱がされる。クライドも童貞なのかということで頭がいっぱいになり、スイは抗うのも忘れていた。しかも上半身が裸だったから、全裸になるのもすぐだった。

我に返ったときにはクライドも一糸まとわぬ姿で、背後で長い尻尾が大きく揺れていた。

「さ、まずは洗ってあげよう。昔、スイが洗ってくれたな」

シャワーを流したままで、シャンプーを泡立てていく。もう逃げられない。

「……憶えてる？」

「うん、トラウマになりそうなくらい怖かった。なんでか、濡れるのがすごく嫌だったんだよな。今は全然平気だけどな」

クライドはついでのように自分の頭も洗うと、順に泡を流して、天井からのシャワーに切り替えた。雨のように降り注ぐシャワーを浴びながら、クライドに引き寄せられるままに身を寄せる。どちらからともなく顔が近づき、唇が重なった。

「……ん……っ……」

スイは手を伸ばし、クライドの項から濡れた金髪へと指で辿る。頭の左右で濡れそぼったケモ耳に触れ、クライドはクライドなのだと改めて実感した。

いたずら好きの仔クーガー、黙って立っていればハリウッドスターと張り合うイケメン、そしてスイを魅了する強く美しい野獣——どれも好きでたまらないクライドだった。

舌で思いきり口中を掻き回され、頭の中まで渦を巻く。力が抜けたスイの身体を、クライドがしっかりと抱きしめた。

「だいじょうぶか？」

シャワーの飛沫を背景に、クライドの顔が至近距離にあった。

「……気持ちいい……」

「そうなるようにしてる」

「憎らしいな。なんでそんな余裕なんだよ。そっちだって初めてのくせに」

「自主練は欠かさなかったから。効果ありだろ？」

太腿を押しつけられて、スイはため息交じりの声を洩らした。キスですっかり酔わされて、スイのそこは勃起している。

「や、やっ……そんな……したら……っ……」

「ああ、ごめん。ぞんざいだった。ちゃんと手で――」

「んあっ……」

撫で上げられた次の瞬間に大きな手で包まれ、扱かれる。自分でするのとは違う感触、タイミング、そして認めざるをえないテクニックに、スイはたちまち溺れた。

「……やだ……やだっ、そんなにされたら……あっ……す、すぐ出ちゃう……」

「おかしなことを言うな、スイは。そのためにやってる。ああ、ちょっと違うか。触りたい。感じてるスイの顔が見たい」

それを聞いて、自分だってクライドを感じさせたいと、スイは必死に片手をクライドの股間に伸ばした。驚きと快感の声がクライドから上がったが、びっくりしたのはスイのほうが大きいと思う。

「えっ⁉　ちょっ、マジで？」

思わず互いの身体の間に目を向けて確認してしまった。しかし、それはよかったのかどうか。触って、明らかに大きいと思ったものを、視覚でより確信してしまったというか。

「ああもう、スイ！　さすがに年上は積極的だな」

握ったままで固まっていたスイに、クライドはくねるように身体を押しつけてくる。互いのものが擦れ合い、脈動まで伝わってくる。敏感な先端を未知の感触で擦られて、それがクライドの怒張だと思ったら、恥ずかしいやらさらに興奮するやら。

「……スイ、ようやく願いが叶った……夢みたいだ。愛してる……」

クライドはうわごとのように呟きながら、スイの項で深く息を吸う。絶対匂いを嗅がれている。いい匂いだとクライドは言うけれど、今はきっとフェロモンのようなものがダダ洩れだと思うのだ。

「……か、嗅ぐの禁止っ……」

「無理」

スイの背中を抱いていた手が腰に降りて、双丘の間に滑り込んだ。後孔を撫でられて、慌てて腰を揺らす。スイも童貞ではあるけれど乙女ではないので、ロマンティックを重んじたりはしないが、いきなりバスルームでどこまでするつもりなのか。

「クライド、そこはちょっと——あっ……」

項に歯を立てられ、びくりとする。本性が出ているのか、交尾モードの雄猫だ。しかしどういうわけか、スイのほうまで雌猫のようになってしまう。逃げようとしていたはずなのに腰を突き出し、その結果、クライドの指に侵入を許してしまった。

「……あ……ああ……っ……」

膝が崩れそうになり、クライドに壁に押しつけられた。唇も押しつけられて、舌を絡めるキスが再開する。片脚がクライドの腕に引っかけられ、指で身体の中を探られて、あちこちで繋がってるなと、のんきなことを思った。

「スイ……」

息苦しさに喘《あえ》いだ拍子にキスが解けて、クライドはスイの顎から首筋へと舌を這わせた。ふいに下肢から痺《しび》れが生じて、スイは思いきりクライドの指を締めつけてしまう。

「やっ、だめ……っ……」

「だめじゃなくて、いい、だろ?」

「違っ……あっ、あっ……そこ……」

絶対弄ってほしくないと思うのに、クライドはしつこくそこを刺激した。それに対してスイは、嫌がっているとは思えない声を上げ、中を蠢《うごめ》かしてしまう。クライドの言うとおり、だめ、ではなくて、いい、だ。反論のしようもない。

「ほら、ここも……」

舌先が撫で上げたのはスイの乳首で、その衝撃に目を瞠った。男でもそこが性感帯だということは、ネットで男同士のセックスを検索した際に知っていたけれど、これまで自分の乳首に注目したことなどなかった。入浴や着替えで目にしていても、ああ、あるんだなという程度で、そこの神経すら自覚していなかったというか。ごくたまに、とても寒いときなどに、硬くなっているのは知っている。

それが今、かつてなく尖《とが》って、乳暈まで膨らんでいる。舌で押されると、折れたりめり込んだりするのまで感じるほどだ。

そして、弄られるのがすごく気持ちがいい――。

「……だめっ！　吸っちゃだめ！　あっ、あっ、な、なんか出る……」

スイは本気でそう感じたのだが、さすがにクライドが口を離して笑った。

「なんかって……妊娠したわけでもないのに、なにも出ないだろ。出るとすればこっち――」

またしても差し入れた指で中を擦られて、スイは胸と股間をクライドに押しつけるように仰け反った。まだ妊娠するところまで行ってないし、そもそも男は妊娠しない、という言葉は吹き飛ぶ。

「ああっ、出る！　ほんとに出ちゃうから……」

「うん、いいよ」

クライドはスイの前に膝立ちになり、少しの躊躇いもなくペニスを口に含んだ。

「あひっ……」

以前、クーガーのクライドにひと舐めされたことはあるけれど、当たり前ながら全然違った。あれほどざらざらしてもいなくて、全体に粘膜が張りついてくる。その状態で舌や頬の内側で擽られ、撫で回され、ついでに吸い上げられて、スイはひとたまりもなく上りつめた。

「あ、ああっ……」

勢い余って壁に頭をぶつけたけれど、そんなことはまったく気にならない。虜になってしまいそうなフェラチオの快感と、後孔を探られることの悦びに、ドはまりした。

「スイ、だいじょうぶか？　うっかりした」

クライドが慌てて立ち上って支えてくれたが、そのまま壁に押しつけられ、腰を抱えられる。爪先が宙に浮いたと気づきながらも、余韻に浸るスイは反射的にクライドの首に両腕を回した。

「う、あ……？」

「愛してるよ、スイ。もう我慢できない――」

まだ中がうねっているようなそこに、熱い塊が押し当てられた。もしかしなくても本番なのか。ぐいぐいと押されて、しかし絶対入らないだろうと思った。

「ちょ、無理……っ、そんな大きいの……」

「褒めるな。それと無理なんて言うな」

「褒めてない！　や、あっ……」

クーガーでいてもらったほうが、挿入に関してはスムーズだったのではないかと思う。その前の段階で、流血沙汰《ざた》は必至だったかもしれないけれど。

クライドの一念が勝ったのか、あるいは人間とも交われるという進化種とのセックスは、たとえ同性同士でもなんらかの力が働くのか、スイが懸念したよりも案外あっさりと合体してしまった。

「スイ……」

息をついたクライドが、スイの額にキスをする。

目いっぱい押し開かれている感じはしたし、身体の中にクライドの脈動が伝わって、たしかに今、ひとつになったのだと実感した。

「……初恋実っちゃったよ」

「ああ、そうだな」

クライドがゆっくりと腰を回す。その動きにつられるように、壁とクライドに挟まれたスイの身体が上下する。わずかな隙間もなく密着していると思っていたのに、少しずつ動きがずれ、擦れ合う部分が広がっていく。媚肉を撫でる怒張に、スイの喘ぎが大きくなった。

「あっ……どうしよ……気持ちいい……んっ……」

「まだいいところを突いてないぞ」

指でさんざん弄られたところを言っているのだろうかと、スイはかぶりを振った。

「だって……どこも気持ちいい……ごめん、初めてなのに淫乱で……」

「大歓迎だ。俺専用で頼む」

「当たり前――ああっ、そこっ、そこだめえっ……」

感じる場所を引っ掻くように擦られて、スイは逃げようと腰を揺らした。しかしそれがさらなる快感を呼び、クライドにも影響したらしい。

「こんなにきゅうきゅうさせて、だめだなんて言うなっ……止まらない」

ほぼ抱き上げられている状態で思いきり揺さぶられ、スイは快感の逃し場所もなく、高められていく。

出会ったときには、こんなふうになるなんて想像もしていなかった。しかし互いの道筋を振り返ると、やはりこうなるべくして今日まで来たようにも思う。今はもう、クライド以外なんて考えられなかった。

「クライド……っ、好き……大好き！　ずっと好きだから……」

「俺もだ。愛してる」

動きが激しくて、見つめる顔がぶれる。頬を寄せ合い、辿るようにして唇を合わせた。

波に襲われる。絶頂の喘ぎは、互いの口中に溶けた。

「……あ……俺、落ちてた……?」

目を開けると、傍らに寝そべったクライドが、スイの背中を撫でていた。

「ああ、数分かな」

バスルームで初体験を済ませ、そのままベッドに運ばれて、二回目、三回目——たぶん四回目の途中だったはずだ。

しかしクライドが落ち着いているということは、四回目も完了したのだろうか。なにしろそれまでは、終わったとたんに挑まれた。幸か不幸か回数を経るごとに快感が増していって、スイも誘われるままにノリノリで応じてしまったのだが。

今は全身が痺れたようになって、指先を動かすのがやっとだ。

「ごめん、もしかして途中……?」

そろりとクライドの股間に手を伸ばそうとすると、やんわりと握り返される。

「こっちこそ、がっついて無理させた。また後で」

「後でって、いつの話? もう夜明けだけど」

「ひと眠りしたら、昼間でも夜でも」

タフな発言に笑うと、身体の奥から溢れ出るものを感じて、スイは身じろぎした。躊躇いながら顔を上げると、クライドが首を傾げる。

「……シーツ濡らしちゃうかも。シャワーだけ浴びたほうがいいかな？　て言っても、自分で動けそうにないんだけど……」

視線をスイの下肢に向けたクライドは、理解したというように目を戻し、ちょっとせつなげに笑った。

「もう少し留まらせておくのは嫌か？　うまくすれば子どもができるかもしれない」

……は？　なに言ってんの？

見つめ合ったまましばらくときが過ぎ、しかしクライドがなにも言わないので、スイは苦笑した。

「それはさすがに無理だろ。人間との間に子作り可能だとしてもさ」

「言ってなかったか？　進化種は同性間でも子どもが作れる。俺とスイとの間でも」

スイは目を見開いた。その拍子にまた下肢で溢れ出すものを感じて、慌ててシーツを引き寄せる。

「マジで⁉　クライドと俺の子ども⁉　クーガーが生まれるの⁉」

驚愕のスイに、クライドは頷く。

「人間との間なら、進化種の動物が生まれる」

「てことは……俺が産むの？」

「負担をかけることになるが……」

「全然！　全然だよ！　俺、頑張る！」

勢い込むスイを見て、クライドは若干引き気味だ。

「そこまで乗り気になるとは思わなかった」

「だって――」

スイはクライドの手を握り返す。

「俺が種の繁栄に協力できるなら、クライドは他で子作りしなくてもいいってことだろ？　つまり……俺たち結婚できるってことだよな？」

スイにとっては願ってもないことだった。相思相愛だったとしても、進化種のクライドには種を存続させるための繁殖が必須だと思っていたから、それに関してなにもできないスイは、いくら想い合っていても諦めなければならないことがいろいろあると覚悟していたのだ。

「夏休みが終わったらボディガードも終了で、ボストンまでは一緒に来てくれないと思ってたし、離れている間に、クライドは誰かと子作りするのかと覚悟してたし……もしかしたらこれっきりになる可能性もあるのかなとか……」

気づくと、クライドがじっとスイを見つめていた。

「え……？　もしかして俺、都合よく考えすぎてた？」

「……いや。スイはいいのか？　進化種の俺が伴侶で……結婚、してくれるのか？」

「当たり前じゃないか！　クライドがいい。クライドでなきゃ嫌だ」

両手を差し出すと、クライドはスイを抱き上げて、キスをした。

翌日の昼近くに目覚めたスイは、起き上がれることを確かめて、シャワーを浴びた。

子どもが産めるんだって！　しかもクーガーの仔が！　すごくない⁉

そう思うと、今後の性生活にもいっそう気合が入るというものだ。

あ、そうだ！　父さんに連絡しとかないと……。

バスルームを出たスイは、スマートフォンを手にした。

『やあ、スイ。夏休みを楽しんでるか？』

「最高だよ。父さん、人が悪い。クライドのこと黙ってるなんて」

父は含み笑いを洩らした。

『自分で知るのがいちばんいいだろう。ということはすべて知って、相棒復活ということだな？』

「あー、それなんだけど……」

スイは思い切って打ち明けた。

「相棒転じて、伴侶になりました。以後もよろしく。父さんがおじいちゃんになれるように頑張るからさ」

父は絶句し、それから大きくため息をついた。

『そっちに進んだか……まあ、互いに望んでのことなら、なにも言うまいよ。ひとまずおめでとう』

「跡は継ぐから、心配しないで」

階下へ行くと、クライドも電話を切ったところだった。ダイニングテーブルには、焼きたてのワッフルとフルーツサラダが並んでいる。

「おはよう。調子はどうだ？」

「おはよ。ご覧のとおりだよ」

スイが席に着くと、クライドは軽くキスをしてからコーヒーを注いでくれた。

「研究所から連絡があった。あの男、警察に発見されて、命に別状はないとのことだ」

「そう、よかった」

何事もなかったからそう言えるのかもしれないけれど、やはり死なれたりしたら後味が悪い。これに懲りて関わらなくなってくれればいちばんいい。

「ずいぶん詳しいね。研究所の人、確認してくれたんだ」

クライドは自分のカップにもコーヒーを注いで頷いた。

「クーガーの姿を見られてるからな。妙な証言をされると、面倒なことになる」

「あ、そっか……それで、だいじょうぶなの？」

さすがにロサンゼルス市街でクーガーを目撃することはまずない。そんなことになったら、街が警戒態勢になる。

クライドは肩を竦めた。

「憶えてないらしい」

「は？　それって……」

「記憶喪失ってほどでもないんだろうが、なんで衝突事故を起こしたのか、そもそもあんな場所にいたのかがわからないと言ってるそうだ」

「それは……ラッキー？」

「本人にとって都合がよすぎるだろ。俺はくたばってもいいくらいに思ってた」

クライド的には罰が足りないようで、不満げな顔だ。

「まあ、いいじゃないか。自損事故がプラスで、ジェフの親父さんがきっちりシメてくれるよ。あのおじさん、ほんと怖いんだ」

とにかく一段落というか、一件落着というか、スイはほっとしてカトラリーを手にした。ワッフルは外がカリカリ、中はもっちりとして、とても美味しい。

「クライド、俺もっと食べられそう。焼いて？」

食事を中断してキッチンに立ったクライドの食べかけも、待っている間に平らげてしまう。熱々のワッフルを皿に載せて運んできたクライドは、テーブルを見て目を瞠った。

「すごい食欲だな」

「ひと晩運動したからね。もう一回くらいお代わりいけそう――熱ちっ！　ねえ、クロテッドクリームあったよね？　合いそう。あとブラッドオレンジのママレードも」

クライドは呆れ顔でキッチンに引き返し、スイが所望した瓶を運んできた。

けっきょくもう一度クライドにワッフルを焼いてもらい、スイは満足した猫のように口の周りを舐めて、カトラリーを置いた。

「はー、美味しかった」

「どう見ても食べすぎだと思うぞ。後で腹壊すなよ」

「ふたり分ってことで」

ワッフルで膨らんだ胃の辺りを撫でながら言うと、

「三人分だっただろ」

と言い返された。

「あ、じゃあ双子だ！」

――それが冗談ではなかったとわかったのは、三か月後のことだった。


黄金色に染まったユリノキの下で、褐色の水玉模様の仔クーガーが二頭、互いを押し合うようによちよちと歩いている。やがて片方がころんとひっくり返った。

「あっ、ショーン！　だいじょうぶ？　って、クリフ！」

スイが歩み寄ろうとするより早く、もう一方も片割れに躓《つまず》いてぺしゃりとつぶれた。重なった二頭はそのままじゃれ合いを始める。

「まったく、きみらはなんかトロいなあ。誰に似たんだろう。ねえ、クライド――」

スイが振り返ると、クライドは相好《そうごう》を崩して双子の仔クーガーを見つめていた。こういうのを蕩けるような笑顔と言うのだろうか。

俺が知ってるクライドは、もっとキリッとしてたような気がするんだけど。

しかし子煩悩な父親ぶりは頼もしく、また嬉しくもあった。なにしろ夜間の授乳まで請け負ってくれるので、スイは毎晩安眠できる。

夏休みが終わったらどういうふうに生活しようか、やはりクライドにボストンまで来てほしい、などと相談し、いっそのこと休みの間にサンフランシスコで結婚式を挙げてしまおうと決まりかけたときに、スイの妊娠が発覚して大騒ぎとなった。

まさか人間の病院に行くわけにもいかないので、研究所で診察してもらったところ、十月の初旬には生まれるのではないかということだった。

クーガーの妊娠期間は約九十日なので、初夜が明けて交わした冗談が冗談ではなかったという計算になる。まあ、その後も連日のように愛し合っていたので、遅かれ早かれの結果だろう。

結婚式はとりあえず後回しし、スイもそのまま大学に休学届けを出し、ビバリーヒルズの自宅と研究所を行き来して過ごした。

「若者は行動が早いな……こんなに早くおじいさんになる準備はしていなかったんだが」

スイの妊娠を知ってぼやいていた父も、出産が近づくにつれて、特注のペット用品やら人間のベビー用品やらを毎日のように買い込んでは、運んできた。

そして先月、スイが双子のショーンとクリフを産んでからは、仕事帰りに日参を欠かさない。生まれてきたのは仔クーガーだけれど、父にとっては孫以外の何者でもないようだ。

ふいにショーンが鳴きだし、つられたようにクリフも鳴き始める。

「あ、お腹すいたかな。クライド、ミルク――」

すっと哺乳瓶《ほにゅうびん》を差し出され、スイは仔クーガーの片割れにミルクを飲ませた。ほぼ同時に、クライドももう一頭に授乳を始める。

勢いよくミルクを飲みながら、前肢でスイの膝を押しまくるしぐさが可愛い。尻尾が震えるように左右に揺れている。

「あー、もう。そんなに慌てるなよ。こぼしてるじゃないか」

揃ってミルクを飲み干した仔クーガーたちは、うろうろしていたかと思うとくっついて蹲った。

「パパ、出番だよ」

スイが呼びかけると、クライドはクーガーに変化して、子どもたちを包むように横たわった。スイが抱いたままでもよく眠るけれど、やはり毛皮の感触がいちばんいいと思う。

それに親子の姿を見ていると、スイもまたこの上なく幸せな気持ちになれるのだ。ちょっと仲間外れ感がなくはないが、自分がいたから彼らがこうしている。

クライドが低く唸って、スイを見つめた。最近はいつもそうだ。

「うん、一緒にね」

スイも双子を挟むようにクライドのそばに横たわる。

秋の涼しさを感じながらも、ここは日溜まりの暖かさだった。


「クライド、着替え終わった？」

白いスワローテイルを着たスイが、開いたドアをノックして中を覗くと、クライドは鏡の前で睨めっこをしていた。その手には金髪のウイッグがある。

「ああ、スイ。どうしたらいいと思う？」

「耳？　そのままでいいよ。ウイッグなんかつけたら、俺、笑っちゃうかも」

「そうか？」

クライドもまた白いスワローテイルに身を包んでいた。決まりすぎて見惚れてしまう。

「じゃあ、これでいいか」

ひょいと燕尾服《えんびふく》の裾が捲れて、長い尻尾が覗いた。

「うん、それがいい。行こう。みんな待ってる」

結婚式は延期したが、記念写真を撮ることにした。研究所には仕事柄、プロ並みの腕を持つカメラマンがいて、撮りに来てくれた。

「おお来たか、ふたりとも」

両手にショーンとクリフを抱いた父が、顎を使ってスイとクライドを呼ぶ。すでに孫と一緒の写真を撮影したらしく、満足そうな笑顔だ。

「では、家族写真を先に撮りましょう」

研究所カメラマンの提案で、椅子に座って仔クーガーを抱く父を囲むように、スイとクライドも立った。ショーンとクリフは、お揃いの蝶ネクタイをつけている。シャッター音が聞こえるたびに、丸い小さな耳をぴくりとさせるのが可愛い。

「あ、いいねー。よく似合う。おじいちゃんに買ってもらったのか?」

ポーズを変える間もスナップショットを撮ってもらっていたので、きっといいアルバムができるだろう。

「親子写真も撮っておくといい」

父はそう言って立ち上がり、子どもたちをスイとクライドに引き渡してフレームアウトした。

家族写真は初めてなので、たっぷり写してもらう。途中で仔クーガーたちは飽きてしまったくらいだ。

「はい、それじゃクライドとスイで。お孫ちゃんたちはおじいちゃんに預けて」

まるでどこかの撮影スタジオで撮ってもらっているようだと、スイは笑いながらクライドと寄り添った。

途中で手を握られ、クライドを見つめる。

まさかこんなことになるとは、と何度思ったことだろう。しかしそのたびに、そうなるべくしてなったのだと思い、幸せを感じた。

「愛してるよ、スイ……」

「うん、俺も」

これからもきっと、そう思い続ける。

END

こんにちは、浅《あさ》見《み》茉《ま》莉《り》です。この本をお手に取ってくださり、ありがとうございます。

あにだん5冊目となる今回は、アメリカが舞台です。いつも以上に明るく楽しくと心がけてみましたが、いかがでしょうか？

パンダの主人公は初回以来ですが、やはり俺さまキャラになってしまいますね。俺さまというか、自分大好き大肯定のポジティブキャラ。おそらく私の中でパンダが動物界のスターだからなのでしょう。

クーガーはアメリカ棲息ということでチョイスしました。カッコいいです。そして我が家のネコによく似ています。

みずかねりょう先生には、今回もイケメンとイケアニを描いていただきました。

担当さんを始めとして、制作に関わってくださった方々にもお礼申し上げます。

お読みくださった皆さん、ありがとうございました！　また次回もお会いできたら嬉しいです。

CROSS NOVELSをお買い上げいただき
ありがとうございます。
この本を読んだご意見・ご感想をお寄せください。
〒110-8625
東京都台東区東上野2-8-7　笠倉出版社
CROSS NOVELS 編集部
「浅見茉莉先生」係／「みずかねりょう先生」係

CROSS NOVELS

あにだん inUSA

著者

浅見茉莉

2019年10月23日　初版発行　検印廃止

発行者　笠倉伸夫
発行所　株式会社　笠倉出版社
〒110-8625　東京都台東区東上野2-8-7　笠倉ビル
[営業]TEL　0120-984-164
FAX　03-4355-1109
[編集]TEL　03-4355-1103
FAX　03-5846-3493
http://www.kasakura.co.jp/
振替口座　00130-9-75686
印刷　株式会社　光邦
装丁　磯部亜希
ISBN　978-4-7730-6000-3
Printed in Japan